透明的螺旋
とうめいな らせん

〔日〕东野圭吾 著
史诗 译

南海出版公司

新经典文化股份有限公司
www.readinglife.com
出 品

序　幕

战争结束整整三年了。

她出生在秋田县的一个小村子里，有一个哥哥、两个弟弟和一个妹妹。务农的家庭算不上富裕，但她无灾无病、健健康康地长大了。

她的一些同学在初中毕业后便按照安排集体就业，家人却让她在当地念完了高中。一毕业，她就自己做主，去了千叶的纺织厂工作。表面上是为补贴家用，实际则是想摆脱贫困的农村生活。东京奥运会过后，东京都市圈[①]在她的想象中变得流光溢彩。

遗憾的是，工厂坐落在郊外，相邻的女工宿舍也被田地环绕。不过，到了休息日，她还是会和朋友花上近一个小时前往东京。穿着迷你裙、阔步走在与故乡截然不同的繁华街道上，她便心潮澎湃。

愉快的日子似水流逝，她几乎没有再回过故乡。最初，她还会

---

① 以日本首都东京为中心的巨型都市圈，一般包括东京都、神奈川县、千叶县、埼玉县，又称为一都三县。

在新年和盂兰盆节回去,但只感到百无聊赖,兄弟姐妹们毫不遮掩地伸手要钱也让她厌烦不已。渐渐地,她托词不再回乡。

就这样过了两年,她习惯了都市生活,也学会了享乐。她年过二十,喝酒也已不成问题。

那是一个周日,她正在银座附近一家进口商店的橱窗前独自观瞧,一个黑影悄悄靠近。她刚要回头,左胳膊夹着的手包就被抢走了。她失声喊了出来,却为时已晚,那个身穿夹克衫的男人已经跑远了。是抢包的。

"抢劫!"她叫喊着追上去,脚上的高跟鞋却绊住了她。周围的人似乎还不知道发生了什么。

她茫然地站在原地,好一会儿,终于无力地蹲了下去,脑中一片空白。钱包还在手包里,现在她连住处都回不去了。

就在这时,她感到有人停在了面前。那是一双黑色皮鞋。抬头一看,是个身穿时髦衬衫的年轻男子,看起来比她年长一些。

"这个,是您的吗?"

看到男子递来的东西,她屏住了呼吸。那正是刚才被抢走的手包。她慌忙起身接过,打开一看,钱包也还在。

"我把那个大叔放走了。本来应该把他送到警察局去的,但太麻烦了,而且包也还回来了。还希望您不要介意。"

"啊……您是追上去抓住他了吗?"

"不是。我正走在路上,那个大叔从对面跑了过来。看他拿着一个女包,我就知道肯定是抢来的,哈哈。我一伸腿,他就摔了个大跟头,包也没拿住。他大概也顾不上捡,就逃走了。我拿着包一路寻找主人,结果就看到您垂头丧气的样子……"

"非常感谢,您帮了我一个大忙。"她深深低头致意。

"请您小心些。近来还有人骑自行车或摩托车抢劫呢。"

男子正要离开,看到了一旁的香烟店,便走了过去。"请给我一盒 hi-lite。"

她掏出钱包,跑上前去。"那个……请让我来付吧。"

"哎,为什么?"男子一脸惊讶。

"是谢礼——请让我表示谢意。"

"不用,不用。"

"不,得到帮助,一定要表示感谢,这是我父母说的。"她看向店内,"hi-lite 多少钱?"

"七十日元。"听到老板娘这样回答,她不由得愣住了。说是谢礼,也未免太廉价了。

男子却大笑起来。"好,那我就恭敬不如从命了。"

她付了钱,不觉涨红了脸。

"那么,接下来就让我请客吧。去喝杯咖啡怎么样?"男子把香烟放进胸前的口袋。

"啊……那多不好意思,何况咖啡比香烟贵。"

"没关系,没关系的。咖啡原价用不了七十日元。"

"原价?"

"您来了就知道了。"

她被带到了一家酒吧。酒吧位于一座小楼的三层,店门紧闭,男子打开了锁。店内有个吧台,墙边并排摆着四张桌子。

男子绕到吧台后面,开始准备咖啡。据他说,这是为不喝酒的客人准备的。

他自称矢野弘司,是这家酒吧的调酒师。这天是周日,店里不营业。

3

她也做了自我介绍。

"您是哪里人?听着像是从东北地区来的。"弘司问道。

"我是秋田的……真的能听出来吗?"来东京两年多,她自以为已经没有口音,却还是常被指出来。

"请别在意,听着很亲切呢。我也是乡下人。"

弘司来自长野县,跟随集体就业的大潮来到东京。后来工厂倒闭,他在熟人的介绍下到这家酒吧工作。他不只做调酒师,还负责清扫、开店准备等一切杂务。

从爱好到娱乐,两人聊了许多话题。她是第一次在工作之外和男性聊这么久。其实,在工作中,她也只是在必要的时候和他们交谈。她不擅长与异性谈天,但面对弘司,内心却无比平静。与此同时,她也感到身体不自觉地发起热来,真是奇妙。

虽然很想多聊一会儿,但她必须在天黑前返回宿舍。刚要告别,弘司便问:"如果可以,我们能再见面吗?"

"嗯……"

"下周日怎么样?您还会来东京吗?"

"嗯,应该会的。"

"那么中午在这家店见面,好吗?"

"好的,没问题。"

"那就说定了。有事的话,请来电话。"弘司把火柴盒放到她面前,上面印着酒吧的电话号码。

从此以后,两人每周日都在酒吧见面,有时还会去吃饭或看电影。分别总是让人心生寂寞。从上野搭乘电车回去时,她总会轻声唱起"无法忘记,那么爱他"。那是前一年的热门歌曲——今阳子的《恋爱的季节》。

如此交往了三个月后,她第一次去了弘司的公寓。那是个铺了六张榻榻米的房间,只有一个小小的洗碗池,摆上一床被褥,几乎就无处落脚了。在那张床上,两人发生了关系。对她来说,那是初次。

从那以后,两人的会面从周日在酒吧改为周六晚上在弘司家。工作一结束,她就奔向车站,乘上开往东京的列车。有时,她还会做一些简单的饭菜。弘司家备了餐具,还放了她的洗漱用品和衣物。

不久,她察觉到了身体的异常。她有很长时间没来例假了。她的例假原本就不太规律,因此并未特别在意,但又过了一个多月,她不得不在乎起来。去医院一查,听到的是医生的一句"恭喜"。她已经怀孕快三个月了。

她一时间毫无头绪,无法相信这件事正发生在自己身上。她犹豫再三,还是向弘司吐露了一切。

弘司却笑了。"真的吗?真的怀孕了吗?也对,毕竟我们恨不得天天都待在一起……我总说,不是最后在外面解决就能避免的。"

"怎么办呢?"

"能怎么办?你只能辞掉工作,我也只能努力干两人份的活儿啦。不,孩子一出生就是三人份了。虽然很困难,但也只有这么办了。"

"什么意思?我辞了工作后又该怎么办?"

"你来这里就好——我们住在一起吧。挤是挤,先忍一忍。等我挣得多了,我们就搬到宽敞的房子去。"

听到弘司的话,她感到笼罩心头的阴霾瞬间消散了。弘司为这样的现状感到欣喜,不仅如此,他还准备以此为契机结婚。

她搂住了他的脖子。

问题只有一个：她还没有对父母提起弘司。说到未婚先孕，父母肯定会怒不可遏。而且乡下人对工作不稳定的人抱有强烈的偏见，父母一直希望她在同事中选择结婚对象。

两人商量后，决定先生下孩子，再告诉父母。看到婴儿的小脸，父母一定会同意两人的婚事。

一个月后，她递交了辞呈。她退掉女工宿舍，搬进了弘司家。她也想方设法精简了随身的行李。

在调酒师之外，弘司又打了一份送报纸的短工。他在酒吧工作到半夜，然后直接去取报纸。早上七点，他回到家，便会一直睡到午后。充沛的体力和很好的酒量让他可以适应这样的节奏，"为了家人必须努力"成了他的口头禅。

她开始为即将出生的孩子做玩偶。因为不知是男孩还是女孩，她给玩偶穿上了蓝粉色格子相间的毛衣。玩偶有着长长的头发。近来在一些演唱组合的影响下，长发在男孩中也很流行。

生活并不富裕，却溢满幸福。她不曾预想过任何不幸的降临。

离预产期只有一个月了。

一个周五的早晨，公寓管理员敲响了门。"有您的电话。"

打来电话的是报纸店的老板。弘司倒在了配送途中。

她连忙赶往医院。看到躺在病房里的弘司，她几乎昏了过去。

他脸上盖着白布。

据医生说，弘司死于脑出血。原因虽然不明，但极有可能是过度劳累所致。

她哭了整整三天三夜。泪水流干后，虚空吞噬了她。她什么也不想做，只是躺在被窝里。

就在这时，临产的征兆突然出现，比预产期早了将近一个月。她几乎是爬着来到公寓管理员的办公室，惊慌的管理员叫了救护车。

两千三百克，女婴。怀抱那具幼弱的身体，欢喜与迷茫在她心中交织。明天，又该怎样生存下去呢？

她几乎没有存款，甚至连下个月的房租都付不起，更何况带着婴儿就意味着无法工作。她手足无措，连出生证明申请都没有提交。她不可能去拜托老家的父母，那样只会遭到痛斥。

一天，她因贫血晕倒在家里。她本就吃得很少，营养又都被母乳夺走。倒在家里还算幸运，若是在外面，恐怕还会出事。一想到如果是在抱着孩子时倒下的，她就惊出一身冷汗。

已经到极限了……望着睡得香甜的婴儿，她下定决心。她无法养育孩子，为了孩子的将来，最好是将她托付给他人。否则，这样下去，母女二人早晚会一同倒下。

只有一个办法了。她过去工作的纺织厂附近有一所儿童福利院。虽然不了解福利院是如何运营的，但她还记得那里的孩子来工厂参观时的情形。他们个个活泼开朗，看起来健康茁壮。福利院一定会帮她好好将孩子养大。

入秋了，天气微凉。她抱着孩子出门了，手中的篮子里放着衣服和毛毯，还有她亲手做的玩偶。

她先搭乘列车，又换上公共汽车，来到目的地附近。她在稍远处的公园里等待夜幕降临，吃了些面包后，便给孩子喂奶。这是最后一次了，她想着，眼泪止不住地落下来。

回过神时，天色已经完全暗淡下来。是时候了。她用毛巾把婴儿裹好，放进篮子里，再把玩偶放在旁边，最后盖上毛毯。一脱掉玩偶的衣服，应该就能注意到它背上用马克笔写的字。那是她和弘司给孩子取的名字，有两种不同的读法，男孩女孩都可以用。

她来到福利院的小门前，望着眼前并排而立的方形楼。窗内透出了灯光。

环视周围，四下无人。要做就要尽快。如果被人看到她站在这儿，一切就都白费了。

她走到门边，放下篮子。她本已经决定不再看第二眼，但还是忍不住掀起了搭在上面的毛毯。

月光照亮了那张白皙圆润的小脸。婴儿双眼轻闭，发出熟睡中的鼻息。

她用指尖碰了碰孩子的脸颊。她一辈子都不会忘记那份温热。

她强忍住眼泪，盖上了毛毯。今晚应该不会下雨。她默默祈祷着，希望福利院的人能在朝阳下发现这只篮子。

她起身迈开脚步，告诉自己不能回头。身后传来了孩子的啼哭声。她知道，自己的余生都将被这啼哭声萦绕。她几乎无法呼吸了。

她不知走到了哪里，也不知是怎么走过去的。回过神时，人已经乘上了电车。她眺望着窗外的昏暗夜色，不知道自己为什么要来到东京。

1

岛内园香随着下班的人潮走出绫濑站,在去公共汽车站的路上去了一趟烤鸡肉串店。今晚由园香负责做饭,但是她昨天就已经告诉母亲千鹤子要买烤鸡肉串回家吃。母亲语带讽刺地说了句"又想省事吗",不过她也喜欢吃,应该不会有什么不满。

站在店门前仰头看了看菜单,园香皱起眉头。鹌鹑蛋卖完了。她犹豫起来,熟悉的店还有一家,但有些远。

园香拿出手机,给千鹤子打电话。母女二人都爱吃鹌鹑蛋,园香不想轻易放弃,更不想事后被母亲责备。

但是电话没有打通。千鹤子说了她今天上早班,按理说应该已经回家了。

可能是去上厕所了。园香等了一分钟,又打了一次,可还是没人接。

算了,就在这里买吧,鹌鹑蛋什么的随时都能吃到。

店里有七种烤鸡肉串,园香每种买了两串,乘上公共汽车。香味从手提纸袋中飘出,园香努力不去在意。

身体随着车辆摇晃，眼前是夜幕笼罩的街道。加油站、大型电器店、汽车4S店、夹缝中的小商店和民宅，还有不知经营什么业务的事务所，鳞次栉比。这是再熟悉不过的光景。时光飞逝，搬到这片街区就快四年了。因为和千鹤子在一起，园香没有丝毫不安。住所虽然改变，母女二人的生活依旧充满乐趣。她们偶尔会吵架，但争执从未演变成真正的冲突。

在园香小时候，千鹤子工作的福利院里有许多孩子，他们别说双亲了，连"单亲"都没有。因此，园香并不觉得自己有什么特别，只是潜意识里觉得父亲应该已经死了。

但是上小学后不久，园香的想法多了起来。大多数朋友都有父母，她不禁想要知道，父亲到底是什么样的人。

千鹤子并没有糊弄过去。"你爸爸是我以前的同事，因为各种原因，我们没能结婚。不过我无论如何都想要个孩子，就生下了他的孩子，也就是园香你。"

最初的说明仅限于此，但随着打听的次数多了，园香也终于了解了详情。简而言之，对方是个有家室的男人。千鹤子发现自己怀孕时，对方不赞成生下孩子，表示就算生下来也不会相认。于是，千鹤子选择了与男人分手，独自抚育孩子。孩子出生后，两人未再联络，因此园香一次也没有见过父亲。

了解到这些事实，园香并没有特别受打击，或者说，对父亲的关心逐渐淡了下去。问及父亲是个怎样的人时，千鹤子回答："是个温柔的、特别好的人。"这就足够了。

园香沉浸在遥远的回忆中，公共汽车也到达了目的地。她提着装有烤鸡肉串的纸袋下了车，来到人行道上。

走了一会儿，道路左侧出现了一栋两层的木结构公寓。母女二人都觉得"海豚高地"这个名字非常可爱，这成了她们入住这栋公寓的理由。公寓每层有四户，上二层需要使用外侧楼梯。而二层最右端的那间房，就是园香和千鹤子的小小城堡。

走上外侧楼梯，园香一边从包里掏出钥匙，一边走近房门。门缝里透出光线，果然千鹤子已经回来了。

园香打开门锁，拉开了门。"我回来了。"

但是，平时会立刻传来的那声"欢迎回来"并未响起。园香关上门，满心疑惑地脱掉鞋子。千鹤子的鞋就在这里，她应该没有外出。

环顾室内，没有千鹤子的身影，但是她上班时使用的托特包就放在矮脚桌旁。

园香走进屋内，推开洗手间的拉门。里面是浴室，灯和门都开着，细微的流水声从中传来。

"妈妈？"

园香踏入洗手间，往浴室一看，不禁倒吸一口凉气。千鹤子倒在地板上。她穿着衣服，并没有在洗澡。

"妈妈！"园香大声呼喊，摇晃着千鹤子的身体。但母亲没有反应，脸色苍白如蜡，双眼紧闭。

救护车……必须叫救护车……

园香出了洗手间，从包里拿出手机。叫救护车要拨哪个号码？她想不起来了。

被送到医院的千鹤子咽下最后一口气，是在大约三个小时之后了。死因是蛛网膜下腔出血。在主刀医生告知这个不幸结果的瞬间，园香一阵眩晕，几乎瘫倒在地。

母女俩没有亲戚，但千鹤子有个非常信任和仰慕的女性朋友。

园香还小时，每到休息日，千鹤子就会带着她到那位女士家玩耍。那位女士独自住在一栋白色的房子里。她没有孩子，丈夫据说也已经去世。

园香称她为"奈江夫人"，后来知道了她的全名，也依旧这样叫她。奈江夫人比千鹤子年长近两轮，两人似乎是在千鹤子工作过的福利院认识的。

园香她们一去，奈江夫人就会欣喜相迎，有时还会准备玩具和洋装等礼物。千鹤子在奈江夫人面前十分放松，就像是她的亲生女儿一样。奈江夫人总是亲自下厨，而且决不让千鹤子帮忙。"休息日就请好好休息。"

随着园香渐渐长大，母女同去拜访的机会不断减少，但千鹤子还是会定期前往。园香每次回家后见到桌上放着美味的点心，只要一问，千鹤子总会回答是奈江夫人送的。

千鹤子猝然离世，不知所措的园香能依靠的只有奈江夫人。电话打通后，奈江夫人一时语塞，随后便说马上就来。她语气平静，没有表现出丝毫的情绪波动。

但不久后出现在医院时，她却已经哭肿了双眼，显得憔悴不堪。在病房里面对千鹤子的遗体，她呜咽失声，泪流不止。

不过，在悲痛之后，奈江夫人的确十分可靠。她替不知该如何处理后事的园香，利落地敲定了葬礼的流程，又怕园香无依无靠，晚上住到了公寓里。多亏有奈江夫人在，耗时一日的葬礼在两天后顺利完成。

将骨灰带回公寓后，园香和奈江夫人一起吃了寿司。她们叫的是外卖。

"我今后该怎么办呢……"园香停下筷子，看了看屋内。

奈江夫人立刻微笑道:"不用担心,有什么困难就跟我说。千鹤子也和我聊过很多,包括园香你的事。"

"谢谢。"园香道了谢。她知道千鹤子曾跟奈江夫人商量过她的前途问题。她没有上大学,但一边工作一边在设计专科学校学习。这也是奈江夫人的建议,在她看来,女孩有一技之长,才更容易找到工作。

"就把这个当补贴吧。和朋友出去旅行,换一换心情也好。"

临走时,奈江夫人递出一个信封。园香立刻就明白里面是钱,推辞了一番,最终还是收下了。奈江夫人走后,她打开信封一看,里面放着十万日元。真是感激不尽。她当然不会把这笔钱用在旅行上,她明白接下来的日子将会多么艰难。

一想到未来,园香就心情沉郁。无论在经济上还是精神上,千鹤子都是园香的巨大支柱,是在一切试炼中守护她的铜墙铁壁。千鹤子还不到五十岁,园香一直以为她还会继续健健康康,任她依靠。

园香现在工作的花店位于上野,也是千鹤子帮她找的。当园香被顺利录用后,千鹤子立刻说要搬家。当时两人住在千叶,若是白天在花店工作,晚上在专科学校学习,交通十分不便。而且千鹤子也一直在考虑换工作,正好有个不错的机会。园香一问,才知道千鹤子已经被餐饮中心雇用。从很久以前开始,她恐怕就在为园香的未来做着周到的准备。那时,园香再次深切感受到母亲要独自将女儿培养成人的决心,以及她发自内心的母爱。

从千鹤子去世那天起,园香孤身一人的飘摇生活就开始了。她冷静地做出了分析:她在经济上并不轻松,可也不能永无休止地依靠奈江夫人。奈江夫人到底是外人,对园香并不负有任何责任。她和千鹤子或许已结成深厚的感情纽带,但和园香之间没有。

一天,花店的店长叫园香过去。店长姓青山,总是格外关照她。

一名男子站在青山店长身旁。他身穿西服,看起来三十岁出头。

"这位客人因为工作需要来找花。我详细问了一下,觉得园香你应该能帮上忙。"

"啊,请说。"

"我希望能依据曲子的风格,为曲子搭配合适的花朵。"

"曲子?您的意思是……"

男子闻言拿出手机,一番操作后,旋律很快流淌出来。这是一首古典乐,但是是用电子音乐来演绎的。

"还有七首曲子,我想找到与它们逐一匹配的花……所以,一共需要八种样式。如果可以,能用两到三天时间做出来吗?"

"啊,听起来不太容易……"园香情不自禁地感叹道,但又立刻说,"不过很有意思呢。"

"可以拜托你吗?"

青山店长一问,园香当即回答:"我试试看。"

男子递出名片,做了自我介绍。他叫上辻亮太,从事与影视相关的工作。

两人立即开始听着曲子商议起来。全部听完一遍后,园香提议整体上采用本地花来完成设计。

"本地花?那是什么花?"

园香闻言摇了摇头。"那不是花名,而是指在特定土地上特有的花。很多都产自澳大利亚和南非,风格独特。"

园香向上辻展示了当天在店的木百合、绒毛饰球花和银球花。

"很好……"上辻的双眼闪着光,"也就是把这类花组合到一起吧?"

"使用本地花的话,不同质感的花瓣会形成鲜明的对照。我想应该能做出非常多样的成品。"

"太棒了。那就交给你了,拜托了。"

"好的。"园香回答道。在千鹤子离世后,她第一次如此充满干劲。

园香沉醉在这件工作中,甚至忘记了时间。据上辻说,这些花会被用在影视作品中。一想到会有那么多陌生人看到它们,园香就紧张起来,这确实是有价值的工作。

三天之后,看到风格各异的八件花艺作品,上辻双手比出胜利的手势。"我一直在找这样的设计——不拘泥于常识和概念,只跟随直觉而动。你的设计让人不仅能感受到花的美,还能同时感受到生命的力量和短暂。真是完美。"

毫无保留的称赞让园香红了脸。她并没有那么自信,只觉得能及格就好。这些赞扬不仅没让她反感,还影响了她对上辻的感觉。上辻给她的第一印象原本就不差——衣着得体,仪表堂堂,而且说起话来非常巧妙,每一句都极具说服力。园香一直觉得这个人不错,因此当上辻以感谢为由邀请她吃饭时,她连客套话都忘了说,立刻爽快地答应了。

上辻带园香去的是一家位于日本桥的豪华法国料理。园香从未踏足过如此高级的餐厅,紧张不已,上辻却游刃有余地和店员交谈,为两人点好了菜。

人生第一顿正宗的法式大餐,每一道菜都美味异常,园香仿佛沉浸在梦境之中。葡萄酒只喝了少许,然而吃到一半,她已经飘飘然了。

上辻的谈吐依旧巧妙。园香以为他要谈起难懂的话题,他却意外地联系到了日常,而单纯的闲谈又不时引申到未来的工作业务上。园香听得入了迷。

"要是能再见面就好了。"

道别时,听到上辻这么说,园香难以拒绝。

和上辻亮太的交往就这样开始了。在千鹤子离开后落寞无依的日子里,这份邂逅恰好成为填补园香心灵空隙的一块拼图。职场之道、人际交往——园香与上辻聊过许多事。上辻的回答总是充满自信,明晰而笃定。园香认为这都是得益于他丰富的阅历,对他也信赖有加。

园香第一次邀请上辻来她的住处,是在两人交往一个月后。在那之前的一周,两人在东京的一家酒店坦诚相拥。躺在床上,上辻对园香说:"好想去你家看看啊。"

园香不好意思给他看那旧公寓里孤零零的一间,但还是对自己说:早晚都是要让他知道的。

上辻坐在简陋的餐椅上环顾室内。"真不错啊,"他轻声说道,"收拾得很干净呢,而且比想象的要大。"

"因为之前一直和母亲一起住。都是四十年前的老房子了。"园香说着吐出舌头,耸了耸肩。

"还请原谅我冒昧,房租是多少?"

"每月五万八千日元,还有两千日元管理费。"

"六万日元啊。能付得起吗?"

"目前还可以。"

上辻若有所思地陷入沉默，不一会儿便慢慢拿出钱包，将三万日元放到桌上。"这是我的那份。"

园香吓得直摇头。"不用，没必要的。"

"你就拿着吧，而且我也还想再来这里。"

"你随时都可以来……"

"你不收我就为难了。你收了，我才能毫无顾忌地随时来。"

"你其实不用这么客气的……"

"那可不行，我可不想被当成客人。"

话说到这里，不收也不行了。"好吧……"园香把手伸向了三万日元。

这天晚上，园香亲自下厨做了晚饭。菜品并不特别，她对自己的手艺也没什么自信，但上辻还是一个劲儿地说着"好吃"，吃得干干净净。饭后，两人在微冷的被窝中拥抱在一起。

"买张床吧。"上辻让园香枕在他的胳膊上，"那样就不用把被褥收进壁橱了。"

"不知道多少钱呢。"

"我来买，你不用在意。对了，这是什么？"

上辻拿过枕边的玩偶。玩偶很旧，是手工做的，穿着蓝粉色格子相间的毛衣，褪色很严重。

"是我母亲的遗物。"园香简短地回答。

"总是和它一起睡吗？"

"睡觉的时候会放在旁边。"

"这样啊。等买了床，就把它放到架子上吧。"上辻把玩偶放回原位。

第二天早上，两人一起离开了。园香将备用钥匙交给上辻。

从此以后，上辻不时来访，而且频率逐渐增加。一回家就看到他正躺在床上的情形也不再稀奇。上辻一旦来了就必然住下，而为了第二天上班，他不仅在园香家准备了换洗的内衣和袜子，连西服都寄放在这里。

"我干脆退掉房子，搬来这里吧。"两人一起吃晚饭时，上辻说道，"我那间屋子，现在只是个回去睡觉的地方罢了。"

上辻租住的是六张榻榻米大的单间。园香只去过一次，屋内干净利落，却也没有能让人舒坦坐下的空间。

"可以吗？这么破的房子……"

"已经习惯啦，久居则安。"上辻笑道，"就这么定了。"

"嗯。"园香点点头。

一周后，上辻搬了过来，行李少得让人吃惊。他自称是不留无用之物的极简主义者。

同居就这样开始了。早上一睁眼就能见到恋人在身边，这样的生活新鲜而刺激。自己不那么擅长的料理还能被他称赞着吃下去，园香为此格外欣喜。

2

辖区警察局准备的不是警车，而是白色的厢式轿车。草薙坐进后排座位，不禁松了口气。警车停在主干道的路肩上还好，要是长时间停在住宅区，很可能会被附近好奇的居民拍下照片，发到社交媒体上。

"到那栋公寓需要多长时间啊？"草薙询问坐在驾驶座上的刑警。这名刑警姓横山，是生活安全科的巡查长，看起来三十出头。

"差不多十分钟，不到三公里。"

"挺近啊。那就拜托你了。"

"是。"横山点点头，发动引擎。

内海薰正在草薙旁边操作手机，屏幕上显示着地图。她似乎正在熟悉这一带的情况。

"离现场最近的车站是哪个？"草薙从旁问道。

内海薰略一思索。"勉强说的话……"她开口道，"是东京地铁千代田线的北绫濑站，或是筑波特快的六町站。不过只能勉强算是。"

"也就是说两个车站离现场都挺远的？"

"过去应该要花三十分钟。"

"那就不能说是最近的车站了。居民们最常用什么交通工具？"

"如果没有私家车，大概就是坐公共汽车吧。"横山说道，"一般应该是坐东武公共汽车到绫濑站，要不就是骑自行车去。"

"这样吗……"

草薙认真地想，虽然不便，但或许对健康还不错。与年轻时相比，现在锻炼身体的机会已经越来越少。草薙原以为当上组长后巨大的压力会让他瘦下来，但是裤腰却一年更比一年紧。不少上司都开始说他有派头了，他却一点儿也高兴不起来。

三人乘坐的车沿着主干道行驶了片刻，随即左拐。道路是双向单车道，一路向北延伸，描绘出平缓的曲线。民宅、工厂和家居用品中心等各种各样的建筑并立两旁。

路过一所小学后，横山踩下刹车，将车停在路旁。"是这栋公寓。"他看着左侧说道。

草薙看向窗外，是一栋两层的木结构公寓，墙壁上隐约还能看到"海豚高地"的字样。每层有四户，二层的右端站着一名穿制服的警察，出事的似乎就是那一户。

待横山熄灭引擎，草薙下了车。他一边靠近公寓，一边环顾四周。民宅很多，但公寓右侧是一家挂着居酒屋招牌的店，看招牌上的文字，应该还能唱卡拉OK。店内的隔音设备不知效果如何，喝醉的客人一旦引吭高歌，很可能会引发店家与邻居间的矛盾。

在横山的引导下，草薙与内海薰一起登上公寓外侧的楼梯。横山和负责监视的警察打了声招呼，对方立刻打开门锁。

"请进。"

在横山的推让下，草薙边戴手套边走近房门。

开门一看，眼前是狭窄的玄关。草薙脱下鞋子走进屋中，除臭剂淡淡的香气飘了过来。

草薙抱起双臂，四下环顾。面前是兼做餐厅的厨房，向内有两个房间，都是和室。小小的方形餐桌两侧放着椅子，桌上只有餐巾纸盒。餐具架和小型液晶电视挨着挂在墙上。

草薙向屋内走去。他看了眼左侧的房间，电脑桌和椅子摆在窗边，笔记本电脑的尺寸比平时见到的要大。

屋里还有个小书架，但书架上的小摆件和杂物比书更多，还有药等物品。

"这个房间还没有搜查过吗……"草薙嘟囔道。

"上次搜查几乎没有涉及这个房间。"横山说，"因为我们得到命令，采集完DNA和毛发之后就尽量不要触碰其他地方。"

"这样啊。"草薙又看向另一个房间。这里有张双人床，大型置物架靠墙摆放，其间还挤着一个开放式衣柜，整个房间塞得满满当当。衣柜上挂着好几个空衣架。推开壁橱的拉门，里面堆满了衣物收纳箱和纸盒。

"组长，"内海薰唤道，"没有化妆品。"

"化妆品？"

"已经看过洗脸台了，没找到化妆品一类的东西，连化妆水和乳液都没有，卸妆油也一样。是不是可以判断为有意带走的？"

"我知道了。"

简而言之，这里的居住者很可能是自己消失的。女性特有的视角还真是敏锐。

五天前，也就是十月六日，海上保安厅的直升机在南房总市附近的海面上发现了一具漂流的尸体。尸体受损严重，但根据服装、体形和毛发的状态，可以推断出是二十岁到四十岁之间的男性。死者身上没有任何身份证明，不过仔细观察后，警方发现了重要的事实：死者后背可见枪伤。司法解剖的结果显示，死者体内留有子弹。既然是后背中枪，那么自杀的可能性极低，应该是他杀。

给全国各地的警察局发出协查通报后，东京都足立区一个已报失踪的人进入了警方的视野。此人名叫上辻亮太，男性，与他同居的女子于九月二十九日申报他失踪。

然而，当受理此申报的负责人想要联系那名女子时，却怎么也打不通电话。负责人无计可施，只能登门拜访，可公寓里也没人。他又给女子工作的地方打了电话，被告知她正在停薪留职中。而她提出这一请求是在报案三天后，即十月二日的早上，事先没有任何征兆，格外突然。

随后，新的事实得到确认。上辻亮太于九月二十七日在足立区内的租车公司租了一辆车，但过了需要还车的二十八日仍未归还。租车公司员工打不通他的电话，便去了驾照上的住址，却发现他好几个月前就搬走了。于是，租车公司于十月五日报了案。

辖区警察局以上辻亮太疑似侵占财物为由申请了逮捕令，对他家进行了搜查。而对查扣的牙刷和刮胡刀进行DNA鉴定后，警方确认南房总市附近海面上发现的死者极有可能就是上辻亮太。

不久，警方在馆山市内一座购物中心的停车场发现了上辻租来的车。根据入口处摄像头拍摄到的画面，车子驶入停车场是在二十七日晚八点后。驾驶车子的应该是嫌疑人，但无法确认相貌。经过鉴定科的调查发现，车内曾被悉心打扫过，连一根头发都找不到。

这样一来，案子就变成了杀人弃尸案。警视厅搜查一科受邀协助调查，负责的正是草薙率领的小组。在和千叶县警察局设置联合搜查本部前，草薙要先确认被害人的住处。

"房东就住在附近吧？"草薙问横山。

"是的，就住在紧挨着的独栋房子里。"

草薙点点头，转向内海薰。"你去打声招呼。人要是在，就让他过来一趟。"

"是。"女刑警说着出去了。

草薙的视线回到横山身上。"关于受理失踪申报时的情况，能不能再讲详细点儿？"

"是，我会毫无保留的。"横山痛快地答道。受理上辻亮太失踪申报的就是他。

两人在狭小的餐桌两侧相向而坐。草薙从怀中拿出折起来的纸，是失踪申报材料的复印件。申报人名叫岛内园香，是上辻亮太的同居者。

"根据这份资料，岛内最后一次看到上辻，是在上个月二十七号的早晨吧？"

"是的。她和朋友一起去京都玩了两天一夜，回来时就发现上辻不见了，直到第二天也没有回来。她想去打听一下，却毫无头绪，到了晚上越来越担心，便跑到警察局来了。"

"上辻是做什么工作的？要是公司职员，他的失踪在公司也会引起议论的。"

"他已经从公司辞职了，现在是自由职业，据说正准备创立事务所。他的工作似乎和影视有关，但详细情况岛内也不太清楚。"

"和影视相关的自由职业啊……"

真是自己一无所知的领域啊。草薙总觉得这样的职业很容易让人心存疑虑，这或许正是上了年纪的证明。

"岛内旅行期间没有联系过上辻吗？电话啊，邮件啊，或者社交媒体什么的。"

"据说发过好几条信息，但始终处于未读状态，电话也打不通，所以她很是挂记。不过以前也发生过同样的情况，那时是对方手机没电了，于是她认为这次可能也一样。"

"岛内是什么样子？有什么不自然的地方吗？"

横山抱起胳膊沉吟一声，又歪了歪脑袋。"这个嘛，她是来申报失踪的，显得非常担心，脸色不太好看，填写资料时手也一直在抖。但提交这类资料的人一般都是这样，我没感觉到有什么不自然的地方。"

"和朋友一起去京都旅行了啊……那个朋友的名字和联系方式问过了吗？"

横山尴尬地皱起眉头。"对不起，还没问到那一步……"

"是吗？没关系，我就是问问。"

敲门的声音传来，门开了。内海薰把头探了进来。"我把房东田村先生带来了。"

"请他进来。"

一个披着开衫的肥胖男人在内海薰的催促下走进屋中，看起来大约六十多岁。

横山站起身，把椅子让给田村。草薙也起身做了自我介绍。"百忙之中，麻烦您了。"

田村的目光中混杂着胆怯与警惕。他点点头，坐到椅子上。

草薙也再次坐下。"您知道情况了吧？"

田村叹了口气。"真是没办法，竟然出了这种事。"

"您很了解上辻先生吗？"

田村立刻充满狐疑地皱起眉。"上辻先生？"

"哎，组长，情况有些出入。"内海薰插话道。

"有出入？什么出入？"

"租这间房的是那位女士，后来上辻先生才和她同居的。"

"这样啊。"

"不好意思，我忘记说明了。"横山在一旁低下了头，"岛内园香小姐是这间屋子的承租人。"

这么说来，草薙并没有想过谁才是承租人。听闻男女同居，他便擅自认为应该是男方租下的房。

草薙再次转向田村。"那么，关于岛内小姐，能问您一些问题吗？"

"请便。但是关于她去哪里了，我可没有一点儿线索。最近我们走得也不近。"

"只要回答您知道的就行。首先，岛内小姐是从什么时候开始租住的？"

"五年前的三月，母女俩一起搬来的。"

"母女俩？"

"岛内小姐和她母亲。签下租赁合同的是她母亲。"

"她母亲现在去哪儿了？"

田村微微摇了摇头。"一年半前去世了。"

"是事故吗？"

"是因病去世的。打扫浴室的时候突发蛛网膜下腔出血，女儿发现后叫了救护车，结果在医院咽了气。真是不幸，应该还不到五十岁吧。"

据田村说，母女二人是以岛内园香高中毕业为契机从千叶搬过来的。母亲千鹤子在学校的餐饮中心工作，园香则是一边在上野的花店工作，一边利用晚上的时间去读专科学校。两人在经济上应该并不宽裕，但在千鹤子突然离世之前，房租一次都没有迟交过。

"真是可怜啊。之前母亲还高兴地跟我说，女儿从花店的临时工变成了正式员工，生活好不容易能轻松些了。园香小姐也是走投无路了，才第一次迟交房租。"

"但她还是一直住在这里吧？"

"她好像也曾经犹豫过。但是想租新房子需要一笔钱，搬家的费用也没法忽略，最后还是续签了合同。"

"她和那位姓上辻的先生是什么时候开始同居的？"

"我也不太清楚。"田村皱了皱眉，"我是从大约一年前开始时常看到他的，但我也不知道他们是什么时候住到一起的，好像不知不觉就同居了似的。他看起来不像是坏人，我也就没多嘴。本来我们这里就是允许两人同住的。"

"据说上辻先生最近在从事自由职业，您知道他之前在哪里工作吗？"

"不知道。他姓上辻这件事我也是第一次听说。"田村板着脸说。

"最近他看起来怎么样？有没有什么奇怪的地方？"

"这个嘛……"田村摆了摆手，"刚才我也说过了吧，最近我和他们走得不近，碰面时也就是打个招呼。"

田村明显想要逃避。也许他正在想，要是在当初母亲去世时和女儿解约就好了。

3

站在摆满五彩花束的店铺前，薰不禁想叹气。已经好几年没有给别人送过花了。很久以前，她曾经心血来潮，给老家的母亲送了束康乃馨，那大概就是最后一次了。至于从别人手中得到花，则是更遥远的记忆。

尽管如此，她还是不由得感叹眼前优雅的工作环境。在这样的地方工作，似乎能远离丑陋的人际关系，不过现实或许并非如此。

这家花店位于紧邻上野站的一幢建筑的三层。看到年轻的女店员，薰上前打了招呼，亮明身份，表示想见负责人。

店长是一名四十岁左右的女子，看起来一丝不苟，胸口别着写有"青山"二字的名牌。

"百忙之中多有打扰。想向您询问一下岛内园香小姐的情况。"

青山店长皱起眉头。"听到你是警察，我就想是不是和那件事有关。不久前也有警察来问话。"

"我知道当时的情况，您回答说岛内小姐停薪留职了。"

"是的。"

"请允许我再问一些问题。现在您方便吗？"

"方便是方便，不过到底发生了什么？"

"其实……"薰说着，四下扫视了一圈，随后靠近青山店长，"岛内小姐失踪了，恐怕是被卷入了案件。"

"怎么会……"青山店长的脸立刻失去了血色，苍白如纸。

"我们去个能安心说话的地方吧。"薰指了指花店斜对面的咖啡馆。她事先就已经看好了。

"园香作为临时工开始在我们店工作，是在高中毕业之后，所以我们已经认识五年多了。工作了三年后，园香就转成了正式员工。"青山店长把盛有拿铁咖啡的纸杯放在面前。据她所说，岛内园香工作认真，从未惹过麻烦。"客人们对她的评价也非常好。她总是设身处地为客人选花，但从来不多嘴，很容易相处。她自己也说过，喜欢站在客人的角度提供帮助。"青山店长语气热情，听起来是在说真心话。

"听说她是十月二号早上突然提出停薪留职的。"

"开店前，我接到了她的电话，说是因故暂时不能来上班，希望我能让她休息一段时间。她还说如果这样太麻烦，那么解雇她也没关系。"

正在做记录的薰停了笔。"听起来很急迫啊，感觉像是发生了大事。您问过她吗？"

"我当然问了，但是她没告诉我，只说是个人原因。"

"电话里的岛内小姐是什么样的？语气和平时一样吗？"

"不，语速比平时要快，好像有什么在逼迫她。但其实之前就很奇怪了，她的脸色很不好，总像是有心事。"

"之前是指什么时候？"

"我没法确定，但应该是在去京都旅行之后。"

"京都旅行？那就是上个月的二十七号和二十八号了？"

"是的。她说要在休息日和朋友一起去京都，而且看起来非常期待。可是回来后，她的样子就有些不同了。"

"一起旅行的是什么样的朋友？您问过吗？"

"好像是高中时代社团里的朋友，但是名字就……"

社团里的朋友……那就说得通了。

"那么，她说要休息一段时间，店里又是怎么处理的？"

"我们和总店商量后，决定暂时按停薪留职处理。但是后来想联系园香时，却完全联系不上了。我们也很为难，但更担心她是不是出了什么事。"

"您对岛内小姐的去向没有头绪吗？"

"没有。"青山店长目光真挚地摇了摇头，看起来不像是假装的。

薰决定改变提问方向。"您听说过上辻先生这个人吗？全名是上辻亮太。"

"我知道他，是园香的男朋友吧。"

"您见过他吗？"

"只见过一次。话说回来，上辻先生因为工作关系来到我们店里，两人正是由此开始交往的。"

"工作关系？上辻先生的工作也和花有关吗？"

"不是，他从事的是影视方面的工作。他为了寻找拍摄中要用的花，来到我们店里。那时是我让园香去帮忙的。"

"当时您收到他的名片了吗？"

"我记得是有的，但不知道留没留着……上辻先生只在那时来过。"

恐怕已经扔了吧。内海决定不再问下去。

"您知道岛内小姐和上辻先生在同居吗？"

"我听说过。母亲去世后，园香独自一人，无依无靠，我一直觉得他们能住在一起是件好事。"

"关于上辻先生，最近岛内小姐有说过什么吗？"

青山店长闻言，露出思索的表情。"最近没有。刚开始同居的时候，园香还跟我讲过他们一起去看电影的事，但后来就没再提过什么了。我有点儿担心，但是他们毕竟还年轻，也没有结婚，说不定已经分手了。既然本人没说，我也就不好多嘴，所以也没有问。"从她的语气可以听出，她对待年轻下属十分谨慎。

"关于岛内小姐，还有其他什么反常的事吗？比如她举止和平时不一样，或是有奇怪的电话打到店里来。"

青山店长一脸严肃地思索了片刻，缓缓开口道："倒是算不上奇怪……"

"怎么了？多小的事都可以。"

"大约一个月前，园香因为身体不适请了假。那天恰巧有个人来找她，是位老妇人。"

"老妇人？是来见岛内小姐的吗？"

"是的。一听说园香身体不适请假了，她立刻面露担忧，后来就回去了。"

"她没有买花，是吧？"

"是的。"

也就是说，她是为了与岛内园香见面才来花店的。

"后来那位老妇人还来过吗？"

"应该没有，至少我在的时候没再来过。"

"您跟岛内小姐提到她了吗？"

"提到了。"

"岛内小姐怎么说？"

"园香只说是认识的人，没再说别的。"

这一情况让人在意。薰打开记事本，握紧了圆珠笔。"那位老妇人看起来怎么样？希望您能描述一下，大致的印象就行。"

"这个嘛……都是一个月前的事了，相貌已经记不太清了。"青山店长似乎正在记忆中搜索，"我想她应该在七十岁上下，比起一般的老人来……这么说也许有些失礼，但她确实是位优雅美丽的老妇人。妆容得体，很有品位，头发也梳得一丝不苟。"

"富裕而雍容，是这样的印象吗？"

"是的，她身上有种贵气。我当时感觉她应该经常与人打交道。"

薰的圆珠笔在记事本上快速划过。这个信息也许非常宝贵——刑警的直觉这样告诉她。

4

"知道上辻之前就职的地方了，在搜查他家时发现的。"

薰接过草薙递来的A4纸，那是一份名片复印件。"UX印象工作室"旁印着"上辻亮太"，职位是总制作人。

"根据官网介绍，业务内容是制作各类影视作品。看网站应该不是大公司，实际大部分业务都是广告片，大概是从大公司接活儿吧。现在岸谷他们已经去调查了。上辻好像是在八个月前辞职的。"

"辞职的理由呢？"薰把复印件还给草薙。

"不知道。岸谷他们应该会问。"

薰环顾四周，搜查员们正在拆封纸箱。这些箱子都是从岛内园香的住处查扣来的。

"住宅搜查工作告一段落了？"

"算是吧。"草薙苦着脸，用手指蹭了蹭鼻尖。

"看起来结果不理想啊。"

"确实如此。需要查缴的东西原本不多。而上辻在搬到那栋公寓之前，已经把他的东西都尽可能处理掉了，就像空降过去一样，屋子里没有任何能表明他人际关系的物品。恐怕所有东西都保存在手机里了吧。这是近来搜查住宅时常见的情况,而这次尤为明显。目前正在向电信公司申请查看他的通讯记录,但还不知道能了解到什么程度。"

"现在掌握的情况有哪些?"

草薙从桌上拿起另一份资料。"上辻亮太,三十三岁,群马县高崎市人,老家的父母健在。根据调查结果,近些年来上辻与父母关系疏远,父母完全不了解他的近况。听说他们要来领取遗体,我打算当面问询,虽然可能不会有什么收获。"

"内海前辈……"这时,一个年轻的搜查员叫道。他手里拿着一样东西,看起来像是相册。"这是您要的。"

"谢谢。"薰接了过来。

"那是什么?"草薙问道。

"岛内园香的高中毕业相册。"

薰打开相册,哗啦哗啦翻了一阵,随即停下来。在标有"三年二班"的那一页上,一行行地排列着少男少女的照片。中间有个大眼睛的女孩,容貌与短发十分相称,让人觉得只要再过几年,她一定会出落成标致的美人。照片下方写着"岛内园香"。

岛内园香上的高中位于千叶县的一个小镇。由于事先已经致电说明,薰一到达学校就立刻被领到了会客室,一名姓野口的中年男教师也很快出现。他教授社会课,现在是一年级的任课老师。

"要说和岛内同属一个社团的好朋友,应该就是冈谷了。"野口打开薰带来的毕业相册,指向其中一个女学生。照片上的女孩双唇紧闭,眼中闪烁着好胜的光芒。照片下方写着"冈谷真纪"。"她们参加的是美术社团。我还记得在文化节的时候,她们俩制作出了巨大的招牌。那时她们每天都干到很晚，非常努力。"野口露出怀念的神情。

"您知道冈谷小姐现在的联系方式吗？我在电话里已经说过，岛内小姐可能被卷入了某个案件，我们现在无法掌握她的行踪。岛内小姐最后见的人可能就是冈谷小姐，我们无论如何都想找她询问情况。当然，我们保证决不会泄露她的个人信息。"

听到薰的话，野口表情凝重。"请稍等。"他说着离开了房间。

十分钟后，野口回来了，将一张小便笺纸放到薰面前，上面写着住址和手机号码。"我给冈谷的母亲打了电话，跟她讲了大致情况，问她能不能告知女儿的联系方式，她立刻就同意了。冈谷现在在东京做理发师。"

"非常感谢。"薰拿过便笺纸。冈谷住在小金井市。

"真让人担心啊，不知道究竟发生了什么。希望岛内平安无事。"野口耷拉着眉毛。

"这也是我们最挂心的。"薰把便笺纸收入包中，"野口老师，您觉得岛内小姐是个什么样的学生呢？"

"是个认真懂事的孩子。成绩嘛……"野口略加思索，"我记得是中等偏下吧。也许是因为家里不富裕，她在学校并不起眼。"

"她家里只有母亲吧？"

"是的。家长会的时候，她母亲跟我说过，自己是单亲妈妈。"

"您知道她母亲去世了吗？"

"哎？"野口瞪大了眼睛，"什么时候？"

"听说是在一年半前，蛛网膜下腔出血。"

"是吗……唉，我完全不知道。明明还很年轻，是因为太过劳累吧？对了，岛内也曾说过，那份工作让人身心俱疲。"

"那份工作是什么？"

"岛内的母亲在儿童福利院工作过，离这里就两站地。"

"福利院吗……叫什么？"

"嗯，叫什么来着……"

见野口一副苦思冥想的样子，薫赶忙说道："没关系，我会调查的。"

"母亲去世了的话，她还真让人有些担心……"野口若有所思地说。

"什么意思？"

"岛内无论做什么都特别依赖母亲。她母亲也说过，岛内在大事上总是无法自己做决定。在学校也一样，她很容易从众，说不出自己的想法。不知是该说她太温柔了，还是说她过于在意别人的感受了。"

"这样啊……"

大事上无法自己做决定的人竟会突然失踪，到底发生了什么？

一走出学校正门，薫就将情况报告给了草薙。

"有收获啊。好，立刻联系她那名姓冈谷的同学。如果对方同意，就赶紧去面谈。"

"我直接联系合适吗？她不会有所戒备吧？"

"没关系。如果和案件无关，她肯定会同意；如果有关，那么她肯定做好了警方早晚会到访的准备。不用拘泥于这些小事，去调查就好。"

"我知道了。"

挂断手机后，薫盯着从野口那里拿到的便笺纸，拨出了电话。冈谷是理发师，现在应该是她的工作时间。不知道她的工作地点在哪里，薰只能祈祷不是小金井市。从这里过去要花费很长时间。

不过在数分钟后，打完电话的薰不禁抚了抚胸口。冈谷真纪的工作地点在表参道，从这里坐车到上野站，便可换乘地铁直达。

乘上地铁后，薰开始用手机检索，想要找出野口所说的儿童福利院。她立刻就找到了，确实离刚才那所高中很近，名叫"朝影园"。

岛内园香的母亲千鹤子在福利院工作是在五年半前，似乎和这次的案件没什么关系。薰觉得应该不用去那里。

薰很快来到了表参道。这真是一片不可思议的街区，最有名的便是主街上名牌专卖店鳞次栉比的光景；可一旦进入旁边的小路，气氛就会陡然一变。个性十足的店铺各放异彩，潜藏在只有回头客才知道的地方。

薰的目的地也几乎与民宅融为一体。它就在路边，可只有走近看才会发现是家理发店。站在门口，店内明亮的景象透过玻璃窗一览无余。

薰打开门走进去，前台的年轻女子满面笑容地招呼道："欢迎光临。"

"不好意思，我不是来理发的。我姓内海，找冈谷小姐有事。"

"请稍等。"年轻女子快步穿过店铺。

不一会儿，一名穿白衬衫、牛仔裤的女子出现了。当然，她看起来比毕业相册上成熟了许多。

"我是内海，抱歉打扰您工作了。"薰低头致意。

"三十分钟可以吗？"冈谷真纪抬眼看了看她。

"是的，我尽量缩短时间。"

"去外面说吧？休息室太小了。"

"当然可以，给您添麻烦了。"

两人走出店门，来到马路对面，再次相向而立。薰递出名片，做了自我介绍。

"电话里也说了，有几件关于岛内园香小姐的事想要问您。听说您和她是同一所高中的。"

"我们都在美术社团。其实刚才妈妈已经给我发了信息，说警察可能会联系我。园香果然出了什么事吗？"

"'果然'是什么意思？"

"我突然联系不到她了。我给她发了好多信息，可别说回复了，就连状态都是未读，电话也打不通……我一直很担心。"

"你们最后一次联系是什么时候？"

"是上个月二十八号。我们前一天一起去京都旅行，是二十八号回来的。睡前我给园香发了信息，说'玩得真开心啊'，那时她也立刻回复了我，说下次我们休息日一致时再出去玩。"

"去京都旅行是您提议的吗？"

"不，是园香邀请我的。她说准备坐新干线去，而且手里有高级旅馆的优惠券。二十八号是周二，是我们店固定的休息日，于是我周一请了假，这样正好两天一夜。"

"岛内小姐在旅行途中有什么异常吗？比如总是显得心事重重。"

冈谷真纪歪头思索，搓了搓手。"确实如此。发愣啊，叫她也不回答啊，这样的情况出现了好几次。"说到这里，她又轻轻摆了摆手，"但园香原本就是这样的人，所以也谈不上异常。"

"您是说她经常如此吗？"

"她一直都是这样，一旦进入自己的世界，就会完全沉醉其中。

比如画插画的时候，或者琢磨插花造型的时候，总会忽略周围的一切。所以在京都旅行期间，即使她那个样子，我也没太在意……"说到这里，冈谷真纪突然话锋一转，"啊，不过，确实也有反常的地方。"

"怎么了？"

"她很少留意男朋友发来的信息。"

"这是什么意思？"

"以前我们两人相约喝茶的时候，园香的男朋友经常给她发信息，问她在哪里、和谁在一起、在做什么之类的，园香总是第一时间回复。据说只要回复稍慢，对方就会大发雷霆。可是在京都，这样的情况很少，或者说几乎没有出现。我很想问她原因，但是难得那么开心，我就没敢多嘴。"

"男朋友是指和岛内小姐同居的上辻先生吧？上辻亮太先生。"

"是的。"

"您见过他吗？"

"没有。我好几次提出想见他，可园香总是用'下次有机会再说'搪塞过去。"

"下次有机会再说啊……那你们在京都旅行时拍照了吗？"

"拍是拍了……"

"能给我几张吗？当然，我绝对不会外传的。"

冈谷真纪从牛仔裤后边的口袋里掏出手机，半张着嘴一通操作。"这张怎么样？"她将屏幕给薰看。

照片的背景是一片池塘，两人冲着镜头摆出胜利的手势。与毕业相册上的模样相比，岛内园香也成熟了不少，但是她脸蛋娇小，身材苗条，看起来似乎能轻松打扮成十几岁。

包括这张照片在内，薰的手机收到了三张照片。

冈谷真纪把手机收回口袋。"请问……"她试探般地看着薰，"园香该不会是逃走了吧？"

"逃走了？从谁那里逃走？"

"啊……"冈谷真纪说着凑上前来，"从她男朋友那里。"

"什么意思？"

"园香可能被男朋友暴力相待，也就是遭到了家庭暴力。"

薰身体后仰，盯着冈谷真纪。"您是从她本人那里听说的？"

"不，我没听她明确说过，但我一直有这种感觉。现在为了防疫，确实常常戴口罩，但是即使是我们一起喝茶的时候，她也总是不摘口罩，而是把吸管从口罩边缘塞进去。她糊弄我说是因为没有化妆，但我认为她是为了隐藏瘀痕。她还戴过深色的太阳镜，我半开玩笑地试探她，问是不是眼睛被打青了，结果她一个劲儿地否定，说'不是、不是'，反应很不自然。"

冈谷真纪一口气说了许多，从中能感受到她对朋友的担心，还有埋藏已久的秘密得以和盘托出的释然。这番话显然不是她脑门一热随口说出来的。

"这种情况是从什么时候开始的？"

"我记不太清了，但应该是半年前。有时我们明明约好了要见面，园香却突然发来信息说另外有约。我想会不会是受伤太重，实在遮掩不过去了。"

"这样的情况反复出现，她终于忍耐不住，逃走了——您是这么想的吧？"

"是的。"冈谷真纪点了点头，"京都之行也许正是开端。手机也做了处理……所以男朋友的信息也没有了。如今她行踪不明，也是怕男朋友找到她……不是吗？"

真是颇有意思的推理。如果上辻亮太还活着，这样的说法是成立的。冈谷真纪似乎还不知道上辻已经死了，但目前也无须告诉她。

"也许吧。"薫姑且表示赞同，"不过，如果真是这样，岛内小姐就没有和其他人商量过这些事吗？"

"这个嘛……"冈谷真纪略加思索，"这么说也许有些奇怪，但我想不出园香有比我更要好的朋友。又或者是我不知道……"

"除了朋友，岛内小姐有没有信任的人，或者说能够交心的人？比如老师之类的……"说到这里，薫露出了苦笑，"不过现在的年轻人已经不再仰慕老师了吧。"

"是啊，老师什么的确实不太可能。"冈谷真纪也露出笑容，却又立刻严肃起来，"不过她或许跟奈江夫人说过。"

"奈江夫人？"

"奈江夫人跟园香家没有血缘关系，但是园香去世的母亲十分敬慕她，待她就像生母一样。园香从小就经常去她家玩，母亲去世的时候，她好像也帮了忙。"

"她是个什么样的人？您知道她准确的名字吗？"

"这个嘛……我只听过奈江夫人这个称呼。啊，对了，听说她创作过绘本。"

"绘本？是绘本作家吗？"

"我不知道是不是专业的，但园香说过，奈江夫人在创作绘本。"

"奈江夫人……啊——"

薫回想起在花店打听到的情况。一个月前，一位七十岁左右的老妇人曾经去店里找过园香。

"绘本作家奈江夫人……"听过薰的报告，草薙靠在椅背上，摩挲着下巴，跷着的二郎腿换了一边。

"据冈谷说，似乎是在那个人的影响下，岛内园香才对绘画和艺术产生了兴趣。"

"也就是说，一个月前，疑似这位绘本作家的老太太去了花店吗？虽然与案件的关联尚不明确，但有必要去确认一下。此外，还有一件事，"草薙抬眼看向薰，目光中透着寒意，"这件事也不能放过——岛内园香可能遭受了家庭暴力。"

"那只不过是冈谷的臆测……"

"绝对不能忽略年轻女性的直觉，这一点你比这里所有的刑警都更清楚吧？而且，了解过上辻亮太的品性后，我觉得发生那样的事也不奇怪。"

"您知道什么了吗？"

"知道了不少。"草薙意味深长地说完，转向在一旁整理资料的部下，"岸谷，把刚才我们说的事告诉内海。"

岸谷打开记事本走上前来。"我去了UX印象工作室。这家公司是四年前成立的，创始人有三个，其中一个就是上辻。他们曾在培养影视制作人的专科学校学习，是同学，后来又在不同的公司从事影视相关的工作。有一次，三人因机缘重聚，都表示郁郁不得志，最终决定自己成立公司。"

"经常听到这种故事。明明是无法独当一面的毛头小子，却自视甚高、自信过头，不撞个头破血流，就不会意识到自己幼稚。"草薙撇了撇嘴。

"正如组长所说,三人刚创业似乎就碰壁了。不过,当社长的那个人充分利用了与前公司的联系,一点点地开拓出了广告片制作、游戏设计等外包业务。公司逐渐过渡到承接大型项目的阶段,员工数量也不断增加,但是……"岸谷抬起头,耸了耸肩,"上辻似乎对此很不满,认为这样与在前公司任职毫无差别,真正想做的事一件也做不了。他主张他们更应该做独立的策划,并向投资人推销。事实上,上辻的确做过院线电影的策划,并到处奔走,但大型赞助商根本不会把无名的制作公司放在眼里。即使社长强调追逐梦想是将来的事,眼下正是打基础的阶段,上辻也完全听不进去,甚至闹出了新的问题。"

"新的问题?"

"职场霸凌。公司发现上辻在暗地里欺负年轻员工和兼职人员。有潜力的年轻人接连辞职,社长忍无可忍,便提醒上辻。结果上辻反倒大发雷霆,当场宣布辞职,而且要求公司支付高额的赔偿金,还大闹了一场。"

"还真是个问题人物啊。"

"社长不住感叹自己缺乏看人的眼光。上辻在影视制作方面确实有才能,但只要不遂他的意,他就会火冒三丈,总之就是自尊心太强了。"

"原来如此。"薰看向草薙,"所以才说他是有可能对岛内园香施以家庭暴力的。"

"没错。许多家庭暴力的施暴者自尊心都很强。今天我见到了上辻的父母,也听到了相同的信息。"

"什么?"

"听说上辻从前就极端自信,也曾经为优秀的成绩扬扬得意。"

所以当年考大学没有考上第一志愿时，他甚至迁怒于父母，这让他们非常担心，不知他将来会变成什么样的人。他还曾放出豪言壮语，说不在东京出人头地就决不回家。"

"这么看来，对他而言，先从公司辞职，又两手空空住进女孩家，简直是死也说不出口的事。"

"而且，他还对那个女孩暴力相向，"岸谷厌恶地摇摇头，"真是不折不扣的人格缺陷。那个女孩能忍到现在也算是不可思议了。"

"没错。如果上辻现在还活着，岛内园香的出逃就可以理解了。但是，上辻已经死了，她没必要再逃，却还是行踪不明，理由会是什么？"

薰明白草薙的意思。"你是说，她与案件有关？"

"这么想是理所当然的吧？她申报上辻失踪，是为了混淆警方的视听；可她最终还是没把握蒙混过关，于是就在警方找到尸体、查明真相之前消失了。"

"可是在上辻死亡的那天，岛内园香正在京都旅行，而且还有证人。"

薰刻意没有使用"不在场证明"这个词。

草薙咂了咂嘴。"问题就在这里。"他低声说道。

5

棕色头发的年轻人听到"上辻"两个字,手握咖啡杯不快地撇了撇嘴。薰问上辻到底是个怎样的人,得到的回答是"甚至不愿回忆的、最糟糕的上司"。

"最初我以为他态度亲切,很会照顾人,可是当我渐渐熟悉工作、能够独立做出判断时,他就立刻冷漠起来。如果他明目张胆地干扰我,我倒是可以告到社长那里,可他并不是。总之,他性格很坏,而且手段阴险——重要的信息不告诉我,等我做错了再没完没了地骂我,说什么'你就是不行,就得按我说的做,不要用你那颗笨脑袋,老实当我的奴隶就好'之类的话。再那样下去,我就要神经衰弱了,于是就逃了。"

听了年轻人的话,薰心想,跟岸谷说的一样啊。"从公司辞职后,您和上辻先生有过什么联系吗?比如打电话、发信息,或是通过社交媒体联系?"

"没有,没有,不可能有。我一辈子都不想再见到那个人了。"年轻人斩钉截铁地否认了,看不出一点儿说谎的痕迹。

虽然觉得没有必要，薰还是确认了年轻人在九月二十七日和二十八日的不在场证明。年轻人一边查看手机，一边说明了当时的情况。那两天是工作日，他都在上班。

"虽然这么说不太好……"年轻人犹豫着继续说道，"但我觉得凶手一定有理由。不如说，问题就出在上辻先生自己身上。"

刚见面时，薰就将发现上辻遗体一事告诉了年轻人，这样才方便直接提问。年轻人面露惊讶，但并未说出任何表示哀悼的话。

薰问他有没有什么线索，他只是一脸疑惑。"那个人确实可能和很多人都有过矛盾，但我想不到什么特定的人。本来我们就已经很久没见面了，我也不了解最近发生的事。我真的不想再和他产生任何关联了。"年轻人由衷地说。

"我明白了。非常感谢您的配合。"薰低头致意，将记事本和笔收进包里。看到年轻人的咖啡还没喝完，她说了句"请慢用"，随后拿起了桌上的账单。

刚告别年轻人，薰就接到了草薙的电话。草薙说有东西想给她看，让她立刻返回特别搜查本部。

"到底是什么？"

"敬请期待吧。"草薙的声音带着些许雀跃。或许是有了什么收获。

用不着装模作样吧——薰虽然这么想，但还是说了句"我知道了"，随后挂断电话。

随着调查推进，上辻不同寻常的性格越发明晰，尤其是许多人都不约而同提到的两面性。对于听从他命令的人，上辻总是亲切相待；但只要对方稍有异议，他就会毫不留情地苛责。薰从好几个人口中听到了类似的说法——上辻可能已经结下了很多仇。

上辻对岛内园香施加了暴力,应该也不是冈谷真纪多虑。据负责调查海豚高地的搜查员所说,几乎所有居民都知道这件事。住在隔壁的女子隔三岔五就能听到怒吼声,楼下的老人则是为震动所扰。只不过没有一个人前去提醒或抗议,原因自然是害怕遭到报复。

"那间屋子的人不在了,大家似乎都松了口气。"前去调查取证的搜查员低声说道。

"从岛内园香的房间里发现了这三本书。"

草薙把三册绘本放到桌上。最上面一册的封面上画着白鸟在蓝天中飞翔的场景,书名叫《我是什么》。

"我看看。"薰站在原地,拿过绘本。

读了一会儿,薰发现这是一只刚从蛋中孵出的白色小鸟寻找父母的故事。真没什么新意——薰这么想着,继续读下去。白色的小鸟去了天鹅、鸭子乃至鸽子的家,可是都没有被接纳。"你不是天鹅。""你和鸭子不一样。""你也不是鸽子。"不久,一只自称是它母亲的鸟儿出现了,竟然是只乌鸦。原来白色的小鸟患有白化病,因为基因缺陷而先天缺少色素。而这并不是故事的结尾,主线由此展开。白色的小鸟十分厌恶黑色的乌鸦,因此接受现实让它非常痛苦。

薰把绘本放到桌上,歪头质疑道:"这本书对孩子来说太难懂了吧?"

"但是网上的评价并不差。有些人就是喜欢难懂的东西。"

薰再次看向封面。作者的名字是"朝日奈奈",另外两册绘本也是同一作者。

"二十多岁的女孩，珍藏了同一个绘本作家的三册作品，这的确有些奇怪。"草薙说，"岛内园香的母亲所仰慕的奈江夫人，应该就是这位作者吧。"

"我也有同感。在网上检索过这位作者了吗？"

"当然，但没有找到什么重要的信息。已经派搜查员去出版社找责任编辑了。"

"我可以再查查吗？"薰拿出自己的手机。

"随你的便，虽然我觉得没用。"

薰飞速操作着手机。一输入"朝日奈奈"，她就立刻发现了数条介绍，都是关于绘本的。但正如草薙所说，没有作者的详细信息。网上的百科也只记录着绘本作家这一身份，并无真名。

"还真是这样啊，连照片都找不到。"

"我不是说了吗？"似乎有人打来电话，草薙从上衣内侧口袋拿出手机，放到耳边，"我是草薙……是吗，联系方式也拿到了啊……是固定电话吗……好，责任编辑在你身边？那现在立刻打电话。先找个合适的理由，别说是警察来了。只要能确认她是否在家就好。拜托了。"

挂断电话，草薙直接开始操作手机，似乎是在查看邮件。"绘本作家的真名知道了，松永奈江——所以叫奈江夫人，这就对应上了啊。名字是这么写的……"

草薙把手机转向薰，上面可见"松永奈江"几个字。她似乎住在丰岛区，最近的车站是西武池袋线的东长崎站。出生日期标注为"不明"，后面的括号里补充说明"七十岁上下"。

手机屏幕转为来电显示，草薙接起电话。"怎么样？……打不通？……在电话里留言了吗？……还有其他的联系方式吗？手机号码呢?……这样啊,我明白了。辛苦你了。"草薙挂断电话,叹了口气,"她家的座机没人接,转成了留言。总之,责任编辑已经留言说希望能取得联系了。平时编辑好像都是用座机和邮件跟她联系,不知道她的手机号码。刚才编辑也给她发了邮件,想套出她在什么地方,不知道能不能成功。"

"松永有没有可能把岛内园香藏起来了?"

"当然有可能。"草薙看了看手表,站起身来,"我要出去了,你也一起来。"

"明白。"薰当即回答道。就算不问,她也知道他们要去哪里。

松永奈江居住的公寓,位于距西武池袋线东长崎站几分钟脚程的地方。那是一排面向目白大道的建筑,每层看起来最多只有两到三套房,主要目标住户应该是独居者。

松永奈江住在七〇二室。薰在安有自动锁的公寓大门前按响对讲机,可是无人应答。

"没人接啊。"

草薙走近管理员办公室的窗户。一个看起来已年过七旬的男人坐在那里,戴着老花镜,正在阅读周刊杂志。

"我们来拜访七〇二室的松永女士,但她好像不在家。您知道她是什么时候出门的吗?"

管理员的老花镜依旧架在鼻梁上,他抬眼看向草薙。"这个嘛,我不可能一直盯着进进出出的人。"

"您每天的什么时间会在这里?"

"上午九点到下午五点……"

"那会在几点查看监控录像呢?"

"几点……没有特别固定的时间,就是随时……"

"随时？"

"就是……就是发现问题的时候。"

"那么只要没有发现问题，就不会查看了？"

"不，不是那样，只是不会看得那么频繁……"或许按规定是要确认每天的监控录像的，管理员支支吾吾起来，"你是什么人？"

"冒昧打扰……"草薙从上衣内侧亮出警徽。管理员僵住了。"我们要调查一起案件，想了解松永女士离开公寓的时间。监控录像会保存多长时间？"

"一般是一个月。不过硬盘里保留了近三个月的录像。"

"那就请您现在立刻查看吧。您知道松永女士的长相吧？"

"嗯，知道是知道……要看什么时候的？"

"从这个月二号开始，两三天内的。"

二日是园香打电话给花店申请停职休息的日子。

"请稍等。"管理员将椅子转向一旁，应该是在操作电脑，但薰他们看不到屏幕。"找到了，"不一会儿，他说道，"二号上午十一点多。"

"请给我看看。"草薙的态度略显强硬，大概是觉得对方会慑于警徽的威严。

管理员将笔记本电脑拿到窗口，把屏幕转向草薙。屏幕上是俯拍的大门，画面是静止的，一个老妇人正从这里走过。她穿着浅色外套，拉着旅行箱。旅行箱的尺寸很大，看起来长期旅行也能使用。

根据画面上的数字显示，时间是二日上午十一点十二分。

"您确定这就是松永女士吧？"草薙向管理员确认。

"是的，是松永女士。"

"内海，"草薙说，"确认一下前后的录像。"

薰应了一声"是"，没有向管理员打招呼，就直接伸手开始操作键盘。管理员也没有出声。

经过确认，在松永奈江经过大门五分钟后，即十一点十七分时，画面上出现了岛内园香。她一身连帽衫加牛仔裤的装扮，背着双肩背包，手里还提着大旅行包。

"没错了，两人是一起行动的。"草薙说。

薰继续操作电脑，想要确定岛内园香来公寓的时间。管理员默默地在一旁看着。

"组长，看这个。"薰将屏幕朝向草薙，是岛内园香正走进公寓的画面，日期同为二日，时间是上午九点二十五分。

"二号就是岛内园香打电话申请停职休息的日子，然后她就来这里了。"

"随后两人一起离开，就此杳无音信。"

草薙略加思索，转向管理员。"还请您协助我们调查。"

"调……调查什么？"

"七〇二室的松永女士可能与一起重大案件有关，请允许我们现在立刻进屋调查。"

然而，警徽的威力也是有限的。管理人惊讶地摇了摇头。"那可不行，必须获得本人的许可。"

"那就请立刻联系她。"

管理员打开一份资料，看了片刻，很快露出失望的神色。"不行，只有她家的座机号码。"

"应该有紧急联系方式吧？找不到本人的时候可以用的。"

"不，那个……"管理员出示了资料，"已经删除了。以前的紧急联系人好像是她的亲戚，但已经去世了。"

"那发生意外的时候怎么办？比如漏水什么的。"

"那种情况下我们会和公寓的业主商量决定。"

草薙咂了咂嘴，正苦着脸时，电话响了。他从口袋里掏出手机。"是我……什么？有回复了？我知道了。那正好，我想直接问责任编辑，你安排一下……最好立刻就安排……没关系，我和内海一起过去……拜托了。"

挂断电话，草薙说了声"走了"就迈向出口，一句感谢的话都没对管理员说。薰看出这不是因为傲慢，而是他实在太着急了。

离开公寓一小时后，在出版社的会客室里，两人见到了负责松永奈江作品的女编辑藤崎。

"刚才还在这里的警官让我给朝日女士发邮件，确认她的所在地，我就发了这样的内容。"藤崎说着递出自己的手机。

薰也从草薙身旁看向屏幕。内容如下：

> 我是藤崎。长久以来承蒙您的照顾。
>
> 刚才我给您打了电话，但无人接听，所以还请原谅我发邮件打扰您。
>
> 有一位读者为您送来了礼物。以防万一，我开封查看了，没有什么问题。
>
> 我可以送到您家吗？若您现在外出了，我也可以送到您所在的地方，还望您能告知地址。
>
> 望您百忙之中回复。

草薙抬起头，表情缓和下来。"读者送来了礼物啊，真是个不错的理由。"

藤崎却忧郁地叹了口气。"我是不想撒谎的,但是听说朝日女士可能被卷入了案件中,只能如此……不过等事情告一段落后,我会说明真相,向她道歉。"

"非常抱歉,感谢您的协助。"

草薙低头致意,薰也紧随其后。

"听说收到了回复。"

"是的。"藤崎拿着手机一番操作,再次展示给草薙,"是这样回复的。"

薰又一次探过头来。邮件并不长:

邮件已经收到。

我临时起意,正独自在外旅行。

我准备到处转转,没有特定目的地,日程也不定。

麻烦您暂时代我保管礼物。

请多担待。

朝日奈奈

"独自旅行吗……"草薙嘟囔了一句,"松永女士——朝日女士经常这样外出旅行吗?"

"不算经常,但偶尔会这样。"

"有没有哪个地方是她特别喜欢的?比如偏爱的旅馆什么的。"

"这个嘛……"藤崎歪着头想了想,"她喜欢温泉,但好像没有特别钟情的地方。"

草薙点点头,挠了挠眉间。"您听过岛内园香这个名字吗?是位年轻的女士。内海，出示一下照片吧。"

薰拿出手机，向藤崎展示她从冈谷真纪那里收到的照片。"是左边这位。"

"岛内……"藤崎盯着画面看了片刻，摇了摇头，"不认识，也没听朝日女士说起过这个名字。"

"是吗……"

看到草薙用眼神示意，薰收回了手机。

"您认不认识和朝日女士关系比较好的人？同行啊，好友啊……"草薙继续追问道。

"我想她和其他作家应该没有太深的交情，大概也没有什么特别的好友。原本她就是个不太与人来往的人。这么说也许有些奇怪，但我可能是她最亲近的人了。她还曾邀请我陪她购物。"

没有得到满意的回答，草薙不禁叹了口气。"明白了。再问一下，朝日女士是个怎样的人？听说年龄比较大了，当绘本作家的年头是不是也比较长了？"

"不，从她正式出道算起也就十年。她是在丈夫去世后才因为兴趣开始创作的，后来偶然在比赛中得奖，成了职业作家。"

"原来如此，也就是开始了第二人生。"

"第二人生……不，对朝日女士来说，也许是第三或第四人生。"

"什么意思？"

"她从年轻时起就吃了很多苦，还曾说自己的男人运不好。去世的丈夫是她的第二任丈夫。第一任丈夫在结婚两年后就离婚了，听说是因为酒后暴力。她曾说，她的绘本创作正是活用了那些形形色色的经历。"

"形形色色的经历啊……这么说来，我读过她的几部作品，里面有不少奇特的内容。白色乌鸦的故事也很值得玩味。不过，白化病之类的东西，孩子们真的能理解吗？"

"那是我负责的作品。很奇特吧？但是意外地很受欢迎。"

"好像是的，真让人吃惊。"

"朝日女士十分擅长处理其他作家不会涉足的题材。她的作品里科学的元素尤其多。"

"科学的元素？"

"比如这本就是。"藤崎从旁边的一堆绘本中选出一册，放到草薙面前。

封面上画着一个戴红帽子的可爱女孩，帽子上可见"N"的字样。绘本的名字是《形单影只的小小磁单极子》。

"这本的题材是磁单极子。"

"您说什么？"草薙问道。薰觉得在哪里听过这个词，但一时想不起来。

"在这部绘本的世界中，小宝宝在出生前就被匹配了另一半。他们一降生便会与另一半相遇，并握紧彼此的手。这样的配对一生都不会改变，彼此也绝不会松手。他们病痛相连，同生共死。男孩戴着写有'S'的帽子，女孩则是'N'……说到这里，您应该会发现，这个故事是将磁体拟人化了。"

"啊，磁体吗……"草薙恍然大悟。

"说到磁体，必然会有 S 和 N 两极吧？然而，也可能存在只有 S 极或只有 N 极的情况。在物理学的世界，这样的磁性物质被称为磁单极子。虽然目前人们还没有真正发现它，但朝日女士认为将这样的存在当作主人公一定很有趣，于是就画了这个故事。"

"难得她能发现这么不寻常的题材啊。"

"朝日女士在创作时会学习很多知识,我也帮过一些忙。这本书的最后一页还列出了参考文献,这在绘本中是很少见的。"

草薙打开绘本的最后一页。光看他的侧脸,也能感到他显然不甚关心。然而在将视线投向那一页的瞬间,他猛地睁大了双眼。

"您读过这部参考文献吗?"草薙问道,声音中透出了紧张。

"嗯。我读过之后,还给作者写了信,询问相关问题。怎么了?"藤崎一脸疑惑。

薰循着草薙手指的地方看去,参考文献一栏跃入眼帘。那里写着"参考书目",下面是这样一行文字:

《如果遇到磁单极子》 汤川学 帝都大学

6

驶出横须贺高速口,穿过建在高地上的新居民区后,车沿着蜿蜒的坡道一路向下。不一会儿,车子开过小巧的站前商业街,未作停留。驶过这一地区的主路,也就是国道十六号线后,目标中的公寓就在眼前。

把车停在访客专用的投币式停车场后,草薙提着纸袋走向公寓大门。这是他第一次来这里。雪白的建筑貌似崭新,其实已经建成二十年了。

草薙在大门前按响了对讲机。

原以为扬声器中会传来几句应答,没想到自动门立刻打开了。对方应该已经通过监视器看到了草薙的身影。

穿过宽敞的门厅,乘上电梯,草薙按下十二层的按钮。他要去的是一二〇五室。

来到十二层,草薙一边沿走廊前行,一边确认户号。一二〇五室似乎位于角落。确认名牌上写着"汤川晋一郎"后,草薙按响了门铃。

开锁的声音传来，门开了。

"欢迎来到横须贺。"汤川学露出浅笑。

"不好意思啊，突然跑过来。"

"不用在意。我在电话里也说了，我没什么事做，也没人跟我说话，正无聊呢。"

"没人跟你说话？"草薙留意着屋内，"你父母不是都在吗？"

"我是说没有能愉快聊天的人。快进来吧。"

"那就打扰了。啊，对了，趁着没忘先给你。"草薙从纸袋里取出一个细长的盒子。

汤川皱起眉头。"我都说了，不用带什么东西来。"

"来朋友父母家里拜访，怎么可能两手空空？很遗憾不是 Opus One，不过应该不难喝。"

"只要是红酒，什么牌子的都欢迎。那我就不客气了。"

汤川带草薙来到了起居室。沙发上坐着一位老人。"爸爸，"汤川唤道，"我的朋友草薙来了。"

老人站起身，走了过来。他头发花白，身材矮小，但挺直的身板显得很年轻，似乎充满了蓬勃之气。

汤川回过头。"这是家父。你应该见过一次，但可能不记得了。"

"不，我记得。我们在你的毕业研究发表会上见过——好久不见。"草薙向白发老人低头致意。

"不单单是毕业研究发表会，准确地说，是优秀毕业研究发表会。"汤川晋一郎说着眯起了眼。

"啊，真是抱歉。"

"用不着道歉。没什么大不了的。"汤川皱起眉头。

"不对，"老人不满地努起嘴，"那可不是徒有形式的毕业研究发表。能站在帝都大学优秀毕业研究发表会讲台上的人可不到十分之一。我也有过同样的经历，所以很明白，如果没有受人瞩目的研究内容，是不会得到教授推荐的——"

"知道了，知道了。"汤川不耐烦地重复道，"我很清楚，所以这件事就到此为止吧。草薙有事特意来找我，不好意思，能不能请您稍微离开一会儿？"

话题被打断，晋一郎一脸不满，但还是说了声"是吗"，点了点头。"既然这样就没办法了。草薙先生，还请慢慢聊。父子俩一整天在狭窄的房间里大眼瞪小眼，一点儿乐趣也没有。"

看到晋一郎走出房间，汤川松了口气。"最近他一直那样。一年比一年偏执。"

草薙露出苦笑。他这位朋友自己就偏执得厉害。"但是健健康康的比什么都强。你父亲和你毕业前我见到他时相比没什么变化。"

"拜托了，请不要在他面前说这种客套话，他会来劲的。"

草薙和汤川客气了一番，坐在了沙发上，汤川则走进厨房。在这之前，草薙就已经嗅到了咖啡的香气。

草薙环顾室内。大玻璃窗外有一个阳台，可以直接眺望大海。军港里停泊着若干艘舰艇。

在能眺望大海的公寓安度晚年——光是听到这句话，就觉得这实在是种优雅的夕阳生活。但现实似乎并没有那么简单。

正如汤川晋一郎所说，帝都大学的优秀毕业研究发表会，只允许毕业研究成果特别优秀的人参与。但和学校相关的人都能去旁听，因此草薙就和羽毛球社的朋友们带着半开玩笑的心情去了。汤川发表的是"磁齿轮"相关的内容，草薙完全听不懂，但收获还是有的。汤川的父母来到了会场，发表会结束后，草薙前去打了招呼。汤川似乎不太情愿，但草薙欣喜不已。在那之前，他对汤川的家庭几乎一无所知。

三十年过去了，那已经是遥远的往昔。

汤川用托盘托着马克杯回来了，杯子洁白干净。"不用加砂糖或牛奶吧？"

"黑咖啡就行。闻香味应该不是速溶咖啡吧？是觉得我差不多该来了，提前为我煮好了吗？真是周到啊。"

"只是你刚好在我想喝的时候来了。"

"哦，是吗？"

见汤川在他父亲刚才坐过的位置坐下，草薙拿起马克杯。

"那你母亲怎么样？"草薙啜了一口咖啡，问道。

汤川轻轻地吸了口气。"病情发展缓慢，但确实在恶化。在她身边忙里忙外照料的老人就是她的丈夫，可她好像已经不认得了，总是像对待外人一样不停道谢。但不可思议的是，她还认得此前很少见面的儿子。人类的大脑真是难以理解。"

草薙从汤川平淡的语气中感受不到严峻，但情况应该不容乐观。

草薙在前一天晚上联系了汤川，表示有事要见他。草薙以为他肯定不是在自己家就是在学校，结果竟是在横须贺的父母家。而且，他不是偶然去看望双亲，而是要暂住一段时间。

据汤川说，做医生的父亲以退休为契机，和母亲一起卖掉了原来的房子，搬到了能眺望大海的公寓安度晚年。可是，自从母亲腿部骨折不能行走后，她几年前就已有征兆的阿尔茨海默病就开始迅速恶化。父亲负责照顾她，但一个人怎么也忙不过来，因此汤川就过来帮忙了。

"你也住在这里吗?"

"没办法啊。我在爸爸的书房里支了张简易床。"

"真不容易啊。大学的工作怎么办?"

"总能有办法解决。讲课和指导学生都能在线完成,而且自从当上教授后,也几乎没再亲手做过实验了。"汤川仿佛在叙述与自己无关的事,但是在草薙眼中,他的表情多少带着些许落寞。他大概已经做好了离任的心理准备。

"你要在这里住到什么时候?"

"这还真难说。我很想说,只要妈妈活着,我就会住在这里。但谁也不知道期限,只能无限延长得出结论的时刻。爸爸很爱逞强,说独自一人也能照顾妈妈,但在我看来根本不可能。虽说他以前是医生,但在护理方面完全是个外行,换纸尿裤也很不熟练。"

"你也会给母亲换纸尿裤吗?"

"当然,我就是为此住在这里的。"汤川轻描淡写地答道,似乎觉得没什么大不了的。

"唉……"

这个偏执的物理学家为母亲换纸尿裤——简直难以想象。

"怎么了?"

"没什么……你们没考虑过请人护理吗?或者托付给相关机构?"

"我们在需要时也请过人,但爸爸好像从未考虑把妈妈送去那些地方。他似乎不想借他人之手解决这件事。我尊重他的意愿。"

"这样啊,确实是个难题啊。"草薙感觉看到了朋友从未显露的一面。他以前并不认为汤川会如此重视家人之爱。"这种时候还给你添麻烦,真是过意不去……"

草薙刚说到这里,汤川就摆了摆手。"要是放在以前,那确实是给我找麻烦。但现在情况不同,我并非因为做研究忙不过来,只是为了照顾妈妈,难以到处走动。每天爸爸要找我帮好几次忙,不过其他时间都没有我出场的份儿,我只是待命罢了。从某种意义上说,真是无聊至极的生活。如果有什么让人振奋的问题,不用顾虑,说出来就好。"

"听你这么说我就放心了,但我也不知道这对你来说够不够振奋。是关于这个的……"草薙从提包中拿出一册绘本,放到汤川面前。就是那本《形单影只的小小磁单极子》。

物理学家的眼睛在金边眼镜后面睁圆了。他拿过绘本,直勾勾地盯着封面。

"你似乎想到了什么啊。"

"算是吧。在研究室里找一找,应该能找到几年前的赠书。"

"最后一页印着你的名字。"

汤川翻开最后一页,确认过自己的著作和名字后,点了点头,又合上书放回桌面。"这册绘本怎么了?"

"目前正在调查的案件疑似与这册绘本的作者有关。她现在行踪不明,我们正在找她。"

"这册绘本的作者?"汤川的视线再次投向绘本,好像在盯着"朝日奈奈"这个名字,"是命案的嫌疑人吗?"

"这还不知道,但她无疑正和案件的重要相关人一起行动。"

"那个相关人正在逃亡?"

"还不能确定是否在逃亡,但这么判断应该没有不妥。"

汤川皱起了眉头。"什么啊,听起来很复杂。"

"你觉得可疑也是正常的,情况确实有些复杂。"

草薙简短说明了从发现死者到确定身份，再到死者生前的同居女子行踪不明一事。不过对于其中重要的部分，他还是尽可能叙述完整，没有省略。

"我们正在追查的是一个名叫岛内园香的女子。而为了找到她，先找到和她同行的绘本作家朝日奈奈会更方便。可是这名作家身上的谜团太多，没有任何资料能够推断出她的踪迹，就连和她最亲近的责任编辑似乎也不太了解她的私人生活。我们实在没有办法，所以决定哪怕再细微的线索也要抓住，只能先顺着与这位绘本作家相关的人事来追踪。"

"所以你就来找出现在参考书目上的我了啊。这还真是相当细的线索，比蜘蛛丝还细。"

"我以前可是听你说过，蜘蛛丝意外地很结实呢。而且据编辑藤崎说，你不是和她们邮件交流了好几次吗？那对不怎么和人来往的朝日来说，太稀奇了。"

"我只是回答她的问题。关注磁单极子的人本来就少，更何况还要以它为题材创作绘本给孩子看。一听到这件事，我就觉得我也不能敷衍了事。"

"那时的邮件还留着吗？"

"谁知道呢，都是五年前的事了。不过我应该没删除，在旧电脑里也许能找到。"

"那你能帮我找找吗？找到了就联系我。"

"你想把那些邮件当成侦查资料? 事先说好了，那可是私人信件。"

"我不会强迫你给我看。如果有看起来能用到的东西，你就告诉我。"

"让我来判断有没有用，这合适吗？"

"没办法。就像你说的，那都是私人信件。"

"我知道了。我会让学生把电脑送到这里的。不过我觉得应该找不到对侦查有用的东西。"

"这我心里有数。抱歉给你找麻烦了，拜托了。"

汤川冷哼一声。"跟以前你带来的桩桩件件相比，这已经算是简单的了。"

"你和松永奈江见过面吗？"

汤川正将马克杯送到嘴边，闻言停了下来。"松永？"

"松永奈江，是朝日奈奈的真名。你不知道吗？"

"不知道。嗯，叫这个名字啊——松永奈江，嗯……"汤川悠然地啜了口咖啡。

"怎么样？你们见过吗？"

"没有，没见过，只发过邮件。"

"通过邮件来往只限于那段时间吗？"

"基本上是的，但交流没那么密切，称不上来往。"

"基本上？那看来其他时间也并不是完全没有交集啊。"

"她给我寄过新作品，所以我给她发了致谢的邮件。"

"新作品？绘本吗？"

"当然，她是绘本作家啊。大概是赠书名单上有我的名字吧。我也不能拒绝说不用再送了，那样太失礼，所以就感激地接受了。"

草薙盯着汤川若无其事的脸。"你读绘本？"

"难得有机会，我还是大致翻过一遍的。后来我就把绘本送给有孩子的朋友了。"

"那本你读了吗？白色乌鸦的故事。"

"关于白化病的那本吗？"汤川点点头，"在绘本中可真是个新

63

颖的切入点，我觉得很有意思。"

看来汤川真的看过。如此注重人际交往中的礼节，还真让人意外。"汤川，有件事想拜托你。你能不能给松永奈江发个邮件？"

"我？要发什么内容？"

"内容随意。刚才我也说了，无法掌握她的行踪让我们很为难。如果你能顺便问出她现在身在何处、在做什么，那就帮大忙了。"

汤川坐在原位，耸了耸肩。"你没听我刚说的吗？我只在她给我寄来新作品的时候发过致谢的邮件。突然给只有这点儿交情的人发邮件询问近况，只会让对方怀疑。"

"所以才需要你润色润色。比如像这样：不久会举办一场活动，为孩子们讲述物理学的有趣之处。我是参与者之一，觉得使用一些插画比较好，想和您商量商量，不知近期能否在哪里见个面——怎么样？不会让对方感到不自然，不错吧？"

汤川闻言，冷淡地注视着草薙。"这个主意应该不是刚刚想出来的吧。是在搜查本部琢磨出来的？应该是内海的主意吧。"

草薙露出苦笑。真是一针见血。"嗯，就是如此。怎么样？能帮个忙吗？"

"我拒绝。"汤川给出了无情的回答。

草薙皱起眉头。"为什么？"

"发那种谎话连篇的邮件，我的良心不允许。"

"别这么不懂变通，这是为了破解案件。我希望你能帮帮忙。"

"请那位责任编辑——藤崎女士，对吧？请她帮忙不好吗？让她联系对方，就说有急事必须立刻见面什么的。"

"我们考虑过了，但是她想不到必须见面的理由，而且以前也没发生过这种情况。如果突然这么说，在背后埋伏的警方就可能暴露。在这一点上,你被怀疑的可能性很低,对方应该想不到你和警方有什么关联。"

汤川厌烦地撇了撇嘴。"我明白你们认为我是合适的人选,但我不能接受。如果朝日女士是嫌疑人,那倒是另当别论。"

"她正在和案件的重要相关人一起行动,已经无限接近嫌疑人了。而且我甚至想到,松永奈江可能才是命案中实际动手的人。"

"动机呢?"

"当然是为了保护深陷于上辻家庭暴力中的岛内园香。就像刚才说的,松永奈江像对待亲生女儿一样对待园香的母亲,因此园香就如同她的外孙女。可爱的外孙女遭遇不幸,出手相助是人之常情。她计划杀死上辻,可是那家伙的死因一旦出现疑点,园香必然会被怀疑,因此才会让园香制造出京都旅行这一不在场证明。"

汤川拿起马克杯,缓缓摇了摇头。"连朝日女士是什么样的人都不知道,亏你还能如此妄想。真不愧是刑警。"

"这是假说,是你最喜欢的假说。"

汤川像轰苍蝇一样摆了摆手。"所谓假说,至少得在逻辑上讲得通。可是你刚才说的话里有矛盾。"

"什么矛盾?"

"园香小姐有不在场证明,因此没必要逃走;如果她不逃走,你们就不会注意到朝日女士——不是吗?"

"所以应该是她们的计划出现了失误。"

"什么失误?"

"那还不知道……"

"看吧,不是漏洞百出吗?这样的东西不是假说,而是妄想。"

草薙皱紧眉头,挠着太阳穴看向朋友。"要是有证据证明松永奈江是嫌疑人就好了。"

"你想想也无所谓，但牵强附会可不行。"

"我知道。我可没想糊弄你。"

"还有，在还没找到证据之前，对朝日女士——不对，是松永女士是吧？不要对她省略敬称。"

"……嗯，好吧。"草薙喝完咖啡，看了看手表，"那我就告辞了。我想再和你父亲打个招呼。"

"那我去叫他。"汤川站起身。

"还有，我方便进屋吗？"

正要走向房门的汤川闻言回过头。"去卧室？"

"嗯……我也想和你母亲打个招呼。如果不方便就算了。"

汤川垂下目光，思考片刻后看向草薙。"只要你不介意。"

"我都说了，我想去打个招呼。"

"明白了，那就一起来吧。"

离开起居室，汤川敲了敲紧邻的房门。"请进。"听到晋一郎的声音，汤川打开门走了进去。草薙听见两人交谈了几句，但并未听清说的是什么。

不一会儿，汤川探出头来，默默朝草薙点了点头。

"打扰了。"草薙说着走进房间。

那是一间光线明亮的卧室。墙边安放着两张床，从窗外射入的阳光照亮了鲜艳的床罩。窗畔停着轮椅，瘦弱的老妇人坐在上面，似乎正在眺望大海。晋一郎坐在稍远处的椅子上，一旁的桌子上放着一册文库本，看来他正在读书。

"打扰您休息了。"草薙面向晋一郎致意。

"重要的事谈完了吗？"

"是的,今天暂且谈完了。"

"那就好。欢迎你随时来做客。这个男人一旦露出无聊的表情,连我都会抑郁起来。"晋一郎说着抬头看了看儿子。

汤川走近轮椅,把手放在老妇人的肩上。"妈妈,"他呼唤道,"草薙来了,是大学时和我一起参加羽毛球社的草薙。"

老妇人缓缓转过头来,一脸沉静。

"好久不见,我是草薙。"

但老妇人的表情没有变化,视线的焦点也游移不定,似乎没有去看草薙。

汤川轻轻拍了拍母亲的肩,她的目光再次转向窗外。

离开卧室,汤川说要把草薙送到一楼。

"看到你和父母在一起,我总有种奇妙的感觉。我一直以为你是个与家庭和家人无缘的人。"草薙在电梯里说。

"谁都有父母,就像白色乌鸦也有父母一样。"

"那倒是……"

两人来到一楼,走到门厅中间,汤川停住了脚步。"草薙,刚才的事,你让我考虑一下。"

"刚才的事?"

"我不打算杜撰邮件,但如果换个形式,也许能帮到你们。"

意外的话语让草薙一惊,他盯着老友的脸。"你要怎么帮忙?"

"之后我再告诉你。能见面真是太好了,回去的路上小心。"汤川说完便转过身去。

"不,你等一下。喂,汤川!"

草薙想要叫住他。这声音不可能传到他的耳朵里,但他既没有停下脚步,也没有回头,就那样消失在了电梯里。

7

青山店长接过薰递来的照片,歪头思考了片刻。"不,我觉得不是,不是这样的人。"

"您确定吗?那这张照片呢?拍摄的角度不一样,给人的印象可能也会不同。"

薰递出了另一张照片,可青山店长仍然愁眉不展。"不对。不是角度的问题,而是类型完全不同。之前我也说了,是一位看起来很贵气的女士。"

"是吗……"薰拿回两张照片。准确地说,这不是照片,而是打印出来的视频截图。

薰来到了上野的花店。她将松永奈江离开公寓的画面拿给青山店长看,想要确认松永奈江与来看望园香的老妇人是否是同一个人,但结果似乎不太理想。

薰道谢后离开了花店。回到特别搜查本部,她向草薙做了报告。

"这样啊。如果到花店去的老妇人不是松永奈江,那么这件事应该可以暂且不管了。辛苦你了，休息一下吧，我也喝杯咖啡，顺便给你讲讲旅行见闻。"

"旅行见闻？"

"我去见汤川了。"

"那我真想听听。"

两人来到特别搜查本部角落的会议桌旁，将保温壶中的咖啡倒入纸杯，面对面坐下。

听完在汤川父母居住的横须贺公寓里的见闻，薰放下纸杯，回应般看向草薙。"那真的是汤川老师？"

"不然还能是别人？"

"不，因为跟以前的印象太不一样了。"薰说着想了想，"'不一样'这个词也不太准确。从未想象过那位教授和家人在一起的样子——也许应该这么说才对。但实际上，他为了帮父亲一同照顾母亲，住进了父母的公寓……"薰端起纸杯，喝下寡淡的咖啡。

"我很理解你说的话，我也有同感。那家伙以前就是这样，不知道算不算是奉行秘密主义，总之从不提及私生活。我大学四年都和他在同一个社团，却直到毕业后才知道他有个交往了六年的女友，而且知道的时候他们已经分手了。他并没有给我介绍过那个女孩，我也没见过那个女孩的样子，因为他说照片都已经扔了。"

"六年？女友？"薰的眼珠都要瞪出来了，"这都是什么啊？我第一次听说。组长，你怎么都没告诉过我？"

"因为没机会说啊。而且我自己都忘了，根本没机会想起来。"

"六年不是很了不起吗？应该是从高中就开始交往了吧。"

"他确实说过，是高中二年级时的同班同学。"

"汤川老师是从精英云集的统和高中毕业的吧？我是在发生那

起磁轨炮案件时知道的。没想到他的女友和他是高中同学啊。"

薰试图想象汤川在高中时代的模样,却完全无法描绘出来。

"刚才跑题了。所以说,汤川如今格外辛苦,但对我们来说,他是与松永奈江相连的仅有的几根线之一。我按原计划拜托了他,希望他帮忙发邮件。"

"结果怎么样了?"

"被他斩钉截铁地拒绝了。"

薰叹了口气。"果然,我猜到会这样。"

"他不愿意欺骗还没有被确定为嫌疑人的人。"

"汤川老师就是这样的人。"

"可是在我准备告辞的时候,那家伙又改主意了。"草薙告诉薰,汤川表示可能会以其他形式协助侦查,"他说换个形式,我也不太明白是什么意思,但他确实有所考虑。所以你要做好准备,无论他突然说出什么奇怪的事,你都要能迅速应对。"

"准备?我吗……"

"当然是你啊。能针对那家伙心血来潮的行动随机应变的,除了我以外就只有你了。"

"我可以把这话当作褒奖吧。"

"当然。"

草薙一脸认真地挺直脖颈时,岸谷拿着资料跑了过来。"上辻用手机联系过的人里,有好几个的身份都查清楚了。"他说着把资料递给草薙,这应该是基于电信公司提供的通讯记录调查的。"上辻最后一次使用手机是在上个月的二十七号,联系对象是足立区的租车公司,是下午一点后打过去的,大概是要预约租车。二十七号打出去的电话就只有这一通,因此目前正在调查二十六号以前的通讯对象。在已经查明身份的人中，有一位组长您可能认识。"

"我认识？是什么人？"草薙皱起眉头，打开资料。

"是这个人。"岸谷从旁指向资料中的一处。

草薙疑惑地盯着那里，眼角突然抽动了一下。"啊，这个人……"

"您果然认识吗？我从负责调查的人那里听说后，就觉得您应该认识。毕竟您在那一行人脉很广。"

"没有那回事，我还差得远。"

"但是这位您还是认识的吧？"

"招呼是打过的。我知道了，那我去找找这个人。"

"那就帮大忙了。"

"想请人帮忙的时候，还是相熟的人更容易开口。虽然很忙，但也只能这么办了。"草薙把资料还给岸谷，立刻起身离开了，背影中隐约透着一股雀跃的感觉。

"是组长认识的人？"薰问岸谷。

这位刑警前辈露出了颇有深意的笑容，他打开资料，指向"根岸秀美"这个名字和中央区胜鬨的地址，旁边还有"银座 VOWM 店长兼妈妈桑"的字样。

"啊，原来是这样……"

草薙喜欢这类俱乐部，这在警视厅内是出了名的。

"一听到 VOWM，我突然就想到以前组长跟我说过这家店。"

"不愧是主任。"薰正恭维前辈，手机响了起来。一看液晶屏幕，她不禁"啊"了一声。屏幕上显示的是"汤川教授"。薰一边走一边接起电话。"我是内海。好久没联系了，汤川老师。"

"我很久没收到草薙的消息了，结果又被拜托了麻烦事。"

"非常抱歉，我们无论如何都需要您的帮助。"

"我也和草薙说了,突然给交情不深的人发虚假邮件,我可做不出这么没礼貌的事。"

"我很理解老师您的想法,组长也说他很过意不去。"

"那家伙会这么说?我可不相信,不过就暂且当真吧。"

"您要跟组长说话吗?"

"没那个必要。我找到了五年前和朝日女士往来的邮件,但当时只是答复了一些关于磁单极子的基本问题,没有和这次案件相关的信息。你这样告诉那家伙就好。"

"您不能给我们看看邮件吗?"

"当然不能,因为都是私人信件。不过在读邮件的时候,我的确还是有些在意。虽然证据不全,但我曾经协助创作绘本的人也许和命案有关,还可能就是嫌疑人——这么一想,我就无法袖手旁观。我想对朝日女士稍作调查。"

"我明白了。如果有我能做的事,无论是什么都请明说。"

"那现在就拜托你。关于那名仰慕朝日女士的女子,我想知道她的详细情况。"

"您是指行踪不明的岛内园香小姐?"

"不是,"汤川说,"是她的母亲。"

8

"朝影园吗……早晨的影子，这对福利院来说真是个阴暗的名字，不过也有朝阳的含义，在和歌集中似乎可以写成汉字的'朝光'。以前真不知道啊。"汤川坐在副驾驶座上，操作着平板电脑说道。

"我也看了他们的官方网站，好像是个历史悠久的福利院，是在战争结束后不久创立的。"

"请再说一遍名字，是叫岛内……"

"千鹤子。一千的千，纸鹤的鹤，女子的子。"

"千鹤子女士是从什么时候开始在那所福利院工作的？是不是还不知道？"

"非常抱歉，还没调查到那种程度。"

"是吗？算了，反正到那里一问就知道了。"汤川停下手，把平板电脑收进包里。

汤川在电话中表示想要详细了解园香的母亲，于是薰就目前了解的情况做了说明，不过其中并没有什么重要内容，只有以下这几点：千鹤子仰慕本名松永奈江的朝日奈奈；一年半前，千鹤子因蛛网膜下腔出血去世，此前在餐饮中心工作；再向前追溯，她曾在千叶的儿童福利院任职。结果汤川当即表明他想去拜访那所福利院。

岛内千鹤子为什么仰慕松永奈江？如果不弄明白这一点，就无法得知为何松永奈江会带着身为案件重要相关人的岛内园香消失不见。

薰向草薙汇报，草薙也认为汤川的话有道理。"她们应该也明白警方在追踪岛内园香。做出逃亡的决定需要相当充足的心理准备，松永和岛内之间为什么会有这么深的感情——我只是单纯地对此很感兴趣。好，你就和汤川一起去吧。"

随后，草薙的声音冷静下来。他继续说道："我不知道汤川为什么想协助调查，总之先不用管。我想，他应该是在查看和松永奈江往来的邮件时察觉到了什么。不过他毕竟是个偏执狂，在真相大白之前，他应该什么都不会和我们说。所以尽量不要提及这一点，惹那家伙不高兴可没有任何好处。"

就这样，薰载着汤川驶向那所福利院。到目前为止，还没有搜查员去朝影园询问过情况。

"对了，汤川老师，今天外出不要紧吗？我从组长那里听说了，您照顾母亲非常辛苦。"薰问道，视线依旧朝向前方的道路。

"谈不上辛苦，只是不放心爸爸一个人照顾妈妈。"

"我以前都不知道您那么体贴父母。"

"哈哈，"汤川发出了嘲讽般的笑声，"我不知道你还对我的个人生活感兴趣。不过话说在前头，这种程度的事可算不上体贴父母。如果真的体贴，我就不会在妈妈得了阿尔茨海默病之后好几年都不回家。"

"可那是因为老师您去美国了啊。"

"那种理由是不成立的。据说频繁往来于日本和美国的商人有五万人之多。只要有那份心，什么时候都能回来。我是个不孝子。"

"我觉得不是这样的。"

"你不用安慰我，我自己最清楚。所以硬要说的话，我如今是在赎罪。"

焦躁的语气并不太像这位物理学家的风格。

"……您母亲的情况不太好吗？"

"只有上天知道了。爸爸说妈妈在半年前得了吸入性肺炎，自那以后，她很多脏器的机能都不如以前了。"

"您的父亲以前是医生吧？我听组长说过。"

"你可不要把他想象成大医院的院长，他不过是开了家诊所。"

"您没想过继承父业吗？"

"没想过。"汤川不假思索地回答道。

"为什么？您也是学理科的。"

"理科也有很多领域。比起医学，我对物理学更感兴趣，仅此而已。"

"对了，您参加过统和高中的物理研究会吧？"

"你记得真清楚啊。"

"那起磁轨炮案我一辈子都不会忘记。"

"是吗？不过那确实让人印象深刻。"

"您高中时也参加了羽毛球社吧？"

"没有。"

"啊？"薰不由得看向副驾驶座。

"我从小一直都在本地的俱乐部练习羽毛球，没参加过初中和高中的社团。学校的羽毛球社必须和其他运动社团共用体育馆，没法充分练习。我在高中参加的是田径社，不过曾经以临时队员的身份参加过羽毛球社的比赛。"

"这些我都没听说过。"

"你终于意识到了啊。你对我完全不了解。"

"啊，但是，我知道一件很了不起的事——听说您和高中的同班同学交往长达六年。"

耳边传来咋舌的声音。

"又是草薙告诉你的？那家伙，净说些无聊的事……"

"怎么会无聊呢，我觉得棒极了。但是为什么分手了？"

"很简单。有一天她突然宣称喜欢上了别人，于是我们就结束了。简而言之，我被甩了。"

"唉——您也有这么痛苦的经历啊。"

"没什么大不了。"

"您后来没再见过她吗？"

"同窗会之类的聚会时见过好几次。她已经结婚，也有了孩子。"

"看起来幸福吗？"

"这就不好说了。为什么要这么问？"

"不，没什么。"

薰想问那个人是否表现出后悔与汤川分手的样子，但还是忍住没问。她可不想听到"你适可而止吧"的怒吼。

车子驶下高速公路，沿着干线道路开了一段，又拐进旁边的小路。四周绿意盈盈，没有大型建筑，一眼能望到很远的地方。住宅随处可见，但空地也很多。建筑周边无一例外地停放着汽车，看起来这里也是没有车就寸步难行的地方。

右前方并排建有几栋方形楼。车子驶近后，雕刻在门上的"朝影园"字样清晰可见。

一名看起来像保安的男子靠近车子。薰打开驾驶座一侧的车窗，说明来由。她已经事先联系过福利院的办事处，说今天要前来拜访。看来事项已经传达到位，保安对停车场和福利院入口的位置做了引导。

薰把车停在停车场，和汤川一起走向建筑。好几个小孩正在庭院的一角玩耍，应该都是没上学的孩子。

走进正门，排列整齐的鞋柜映入眼帘，向里走就是办事处。似乎是注意到了薰和汤川，一名六十多岁的瘦弱男子带着恭顺的表情向他们走来。

薰低头致意，拿出名片报出身份。她将汤川介绍为"协助调查的人员"。

男子是朝影园的园长，姓金井。

"你们想来询问岛内千鹤子女士的事，对吧？"金井的目光落在薰的名片上。

"是的。我们非常需要向了解岛内女士的人询问情况。"

"我来这里只有四年，不认识岛内女士。但是有了解她的人，我现在就去叫，请你们稍等。"

金井从办事处带来一名女子。她看起来四十五六岁，脸上流露出些许不安。

"她是最常和岛内女士一起工作的人。"

据金井介绍，这名职员姓关根。

"那么，我们能问些问题吗？"

"好的，只要是我能回答的。"关根小声说道。

薰和汤川脱掉鞋，按福利院的要求换上拖鞋。

两人被带到一间日照充足的房间。沙发摆放在大桌子两侧，这里应该是会客室。

关根介绍，她曾在托儿所工作，十五年前来到了朝影园。

"千鹤子女士是我的前辈，教给了我很多东西。她因为女儿要去东京而辞职，是在五年前的三月。我们一起工作了快十年。"关根语气温和。

"您知道她已经去世了吗？"

"知道。"关根一脸悲伤地点点头，"她女儿和我联系了。太吃惊了，她还那么年轻，在这里工作的时候也总是充满活力……"

"您最后一次见到她是什么时候？"

"是她离职那天。当时还说将来再见面，结果那成了最后一面。"关根失落地垂下目光。

"我在电话里也拜托过了，如果您有那时的照片，我们想借用一下。"

"脸部拍得很清楚的照片，对吧？我找了半天，结果只找到了这样的。"

关根从身旁的文件夹里拿出的是过去的宣传手册。"职员介绍"一页并排印着职员的照片，可以看到岛内千鹤子的名字。她留着短发，一张优雅的瓜子脸，果然与岛内园香很像。职务一栏写着"保育员、厨师、事务员"。在这儿工作似乎必须身兼数职。

"请允许我借用一下。"薰说着把手册收进包内。

"有没有能够查明岛内千鹤子女士经历的东西？比如简历之类的。"

这也是事先在电话里拜托过的事。

关根露出些许为难的样子。"我和园长都确认过了,简历似乎已经处理掉,找不到了。但我了解千鹤子女士的一些经历,她原本就是朝影园出身。"

"哎,出身是指……"

"从她记事起,她就在朝影园生活,一直住到高中毕业。后来她白天工作,晚上在短期大学读书,考取了保育员的资格。在好几个福利院辗转工作后,她又回到了这里。"

"千鹤子女士好像是单身母亲,您知道吗?"

"我不了解详情。不过,在女儿出生之前,她就说过和男方分手了之类的话。"

"千鹤子女士没有结婚吗?"

"恐怕是的……给人的感觉是这样。"

对方恐怕是有家室的人,薰想。很难想象怀孕期间离婚的情况。

"您听说过她和对方发生冲突之类的事吗?"

关根摇了摇头。"没有。虽然她家只有母女二人,但非常幸福。她的女儿园香我也很了解,经常来这里玩。"

无论怎么看,岛内母女都曾在这块土地上过着平静的生活。

薰调整了姿态。差不多该进入正题了。"您从千鹤子女士那里听说过一位绘本女作家的事吗?她们的关系似乎很亲密。"

"绘本……"关根嘀咕了一句,随后便像突然想起什么似的眨了眨眼,"是不是表演连环画剧的那位?这么一说,我确实记得千鹤子女士说过,那人出版了绘本。"

"表演连环画剧的人?"

"以前，应该是很久以前，有一位志愿者曾接连拜访各地的福利院，为大家表演连环画剧。千鹤子女士刚到这里工作时，那位志愿者就来了，两人从此变得亲密起来。当时千鹤子女士的女儿还小，无依无靠，那位志愿者经常倾听她的烦恼，对她多有关照。"

"您听说过那位志愿者的名字吗？"

"不，我并没有了解到那个程度……"

"是吗……"

薰刚垂下视线，汤川就从旁问道："您问过她表演连环画剧的理由吗？"

"理由吗……"关根露出困惑的神情。

"在没有报酬的情况下到各地表演连环画剧，如果没有强大的意志是做不到的。我想一定有促使那人这么做的契机。岛内千鹤子女士对此没有提过什么吗？"

关根思索了片刻，缓缓开口道："我没听说过详细的情况，但千鹤子女士说过，那人非常喜欢孩子，想给更多孩子带去笑容，哪怕多一个也好。"

"原来是这样，哪怕多一个也好啊。那么关于在各地巡回表演，她都去过哪些地区，您知道吗？"

"这个嘛……"关根琢磨道，"听千鹤子女士的话，范围好像没有全国那么广，而是就在这一带……也就是东京都市圈。但我也不敢确定。"

"没关系，非常感谢。"汤川朝薰点点头，似乎没有什么想问的了。

薰认为能从关根这里打听到的信息应该就是这些，于是决定告辞。她表达谢意后站起身来。

三人回到大门前，薰再次向金井致谢。

"我不会问是什么案件，不过我们的回答能帮上忙吗？"金井问道。

"你们提供了很重要的参考信息。谢谢你们的协助。"

"那就好。"金井说着叹了口气，"要是能因为更好的事接受采访就好了。半年前也有警察来过，虽然是别的案子。"

"警察吗？什么案子？"

"该怎么说呢，与网络犯罪有关的突击调查吧……大概是这种感觉。"

"突击调查？"陌生的说法让薰一脸疑惑。

"准确地说，不是警察，而是受警方委托前来调查的一名中年女子。我们福利院的官方网站上使用了一些人像，那名女子问我们是否取得了本人的同意。我们回答当然取得同意了，对方就让我们立刻联系对方。"

"立刻联系本人吗？"

"对，否则就不是突击调查了。"

"啊……"一直站在旁边的关根突然说道，"园长，那时联系的就是园香，是千鹤子女士的女儿园香。"

"哦，是吗？"金井手扶额头。

"肯定没错，因为是我去查找园香的联系方式的。"

"怎么回事？能详细说说吗？"

根据关根的说明，事情经过是这样的：当金井回答官方网站上的照片是经本人同意后使用时，自称受警察委托前来调查的中年女子用自带的平板电脑打开了网站，指着上面的若干人像，要求查看与他们每个人签订的授权书。金井表示没有授权书，但已经获得口头同意，于是对方指着其中一人，要求立刻与此人联系。而那个人正是岛内园香。

关根查出岛内园香的联系方式，金井当即拨通电话，随后把电话交给女调查员。她向园香确认允许朝影园官网刊登她的照片后，便一副认可的神色将电话还给了金井。

"能给我们看看那张照片吗？"薰问。

"好的，请来这边。"

关根把薰他们带到办事处，在电脑上调出画面。那是圣诞节派对的照片。

"那位女调查员问的就是这张照片。"

照片上显示的是一个十岁左右的女孩，仔细一看，确实就是岛内园香。看来是很久以前拍摄的了。

"更新官方网站时，我们想把圣诞节活动的照片也放进去，但是近几年拍摄的照片中没有合适的，就决定先放这张。"

"园香小姐也参加了活动啊。"

"她虽然不住在这里，但是活动任何人都能参加，她就过来玩了。"

薰点点头，再次望向那张照片。看起来还是小学生的岛内园香怀抱玩偶，露出开心的笑容。玩偶穿着蓝粉色格子相间的毛衣，长发飘飘。

9

银座，并木街——

草薙看了看手表，刚过晚上七点。时间正好，他迈步走向电梯间。他要去的店在十层，是这栋建筑的最顶层。整层都属于那家店，也就是VOWM。

一层的电梯间里摆着许多花篮，应该是有店铺刚刚开业。

时间还早，电梯里没有其他人，直达十层。

门一打开，正面是一堵绘满闪闪繁星的墙壁。店门在右侧，但在草薙看向那里之前，"欢迎光临"的欢快声音已经飞入耳中。

一个身穿黑色西服的男人站在那里。那是草薙熟悉的面孔，只是不知道名字。对方看到草薙，惊讶地露出讨好的笑容。

"啊，草薙先生，欢迎欢迎，好久不见。"对方低下梳得油光锃亮的头。

"太久没来了，我都以为你们忘记我了。"

"您这是什么话。今天是和哪位约在这里碰面呢？"

"不，就我一个人。"

"我知道了，那我现在就带您进去。"

"今晚妈妈桑在吗？不是淇妈妈，是秀美妈妈。"

黑衣男人露出困惑与怀疑交织的表情，但又立即收敛起来，回答道："我现在就去确认。"

"拜托了。另外我坐在吧台就好。"

"我知道了。"黑衣男人点点头，似乎已经意识到今天草薙不只是客人。他知道草薙的职业。

草薙来到吧台坐下，用毛巾擦了擦手，调酒师很快在他面前放了一瓶野火鸡威士忌。令草薙惊讶的是，这是他好几年前放在这里的酒，还剩三分之一。

"兑水可以吗？"

"嗯，拜托了。"

草薙正喝着酒，刚才那个黑衣男人走了过来。

"我联系秀美妈妈了。她说一定会过来招呼。"

"那真是不胜荣幸。"

"等候期间需要叫谁来陪您吗？"

"不，不用了。谢谢。"

看着黑衣男人离开后，草薙环视店内。现在时间还早，客人屈指可数。带着客人的女招待最早也要八点才会来店里。

上辻亮太给根岸秀美打电话是在上个月的二十三日，通话时长大约五分钟，应该不是什么重要的对话。但是，近期似乎没做什么正经工作的上辻究竟为什么要给银座的妈妈桑打电话，草薙对此十分在意。而且追溯通话记录就会发现，上辻在近几个月内给根岸秀美打了三次电话。

再找不到线索就麻烦了，这是草薙的感觉。特别搜查本部已经设立了数日，但侦查工作并没有什么进展。

警方正在对尸体上发现的子弹进行分析。根据负责人所说，子弹是从二十二毫米口径的枪中打出的，但从残留在子弹上的枪膛痕迹来看，那极有可能是私造枪或改造枪，很难确定枪支来源。说到私造枪就会想到菲律宾，但如果是熟练使用机床的人，只要有图纸就能做出来。当然，嫌疑人不一定有这种技术，但黑市上的交易途径多的是。

草薙正如此思来想去时，察觉到邻座有人。

"有一段时间没见面了，您的威严更胜从前啊。"

草薙循着妩媚的声音转过头，一身和服的根岸秀美笑容满面。她以前就很瘦，如今脸又小了一圈。她应该已经七十岁了，但肌肤光泽的状态显得她只有五十岁，也许是精湛的化妆技术带来的效果。妆容看起来很淡，这一点的确专业。

"你是说我又胖了吧。"

"才没有那回事，我是说您更有男子气概了。"根岸秀美说了声"失礼"，在相邻的位置落座。高级香水的香气钻进草薙的鼻孔，弄得他鼻子直痒痒。

"你也很精神啊。"

"那是因为时隔这么久又见到您了。您不介意我也来一杯吧？"

"当然。"

调酒师似乎听到了两人的对话，走过来用小玻璃杯调了一份兑水的威士忌。

"草薙先生好像有很重要的事，还请让我们单独聊一会儿。"根岸秀美拿过玻璃杯说道。调酒师默默低头致意，随后便消失不见。

"我不客气了。"根岸秀美含了一口威士忌，瞟了一眼草薙，

"不叫年轻孩子，专等我这个老太婆过来，您肯定是有相当重要的事。到底发生了什么？"

"你还真是心直口快。"草薙从上衣内侧口袋拿出一张照片，是上辻亮太的照片，"你记得这个人吗？"

"让我看看。"根岸秀美拿过照片，嘴角依然带着笑容，双眼却一直认真地盯着照片。随后，她轻轻地摇了摇头。"很遗憾，我不认识这个人。我想应该是客人，但我记不起这张脸。不过我的记忆原本就很不可靠，无法断言。"

"但你应该接到过这个人的电话，就在上个月的二十三号。"

"二十三号有电话？哎呀，是哪位呢……能让我确认一下吗？"

"请。"

根岸秀美从小包里拿出手机，熟练地操作起来。不一会儿，她就像察觉到了什么似的倒吸一口凉气，试探般望向草薙。

"难道是上辻先生？"

"果然是你的熟人啊。"

"熟人……嗯……"根岸秀美仿佛用尽全身力气般思索了片刻，然后把手机收回包中，"那种关系不知道算不算熟人。我们确实通过好几次电话，但我可没有很想跟他交谈。"

"能告诉我你们是什么关系吗？"

"说明起来非常困难。其实是我在半年前发现了'金蛋'。"

"金蛋？"

"就是女孩子。气质超群，性格不只单纯开朗，还隐隐有深沉的一面。要是到我们店里来，毫无疑问会成为明星。"

"原来如此……"

根岸秀美指的是女招待。事情朝着出乎意料的方向发展，草薙有些困惑。

"我一把年纪了，要为店铺的未来多加考虑。而且我也经常想，是不是到该做出决定的时候了。就在这时，我遇到了那个孩子。她让我情不自禁地想在这个圈子再掀起一场风暴。我确信只要多加磨炼，她一定会成为明日之星，让这家店热闹起来。看到她的第一眼，我就喜欢上了她。"

"能让秀美妈妈你说到这个地步，应该是相当能干的人了。她在哪家店工作？也是银座吗？"

根岸秀美微笑着摇了摇头。"是和这个行业无关的孩子，在花店当店员。"

"哦……"话题看起来并没有偏离草薙的预期，"这颗'金蛋'的名字叫什么？"

"园香。她叫岛内园香，二十三岁。她真是个出色的孩子。我有个唱法国香颂的朋友要开个人演唱会，我想送花，于是那孩子当场就用手机一边听歌一边为我选了合适的花。如今这个年代，那么为客人着想的孩子已经很难找到了。她虽然称不上绝世美人，但是不论男女，都很容易被她的气质吸引。只靠星探是挖不到她这样的人才的。所以我当时就把名片递给她，问她愿不愿意来我店里工作。她吓了一跳，觉得我在开玩笑，于是我一个劲儿地解释，说我是认真的。结果她也很感兴趣，表示要好好想一想再回复我。然而出乎意料的是，自称与她同居的男人打来电话表示反对，说他不想让女友干这一行，让我不要再发出奇怪的邀请。那个男人就是上辻先生。"

"原来是这样联系起来的。"草薙表示认同，"那最后怎么样了？"

"我和他通了好几次电话，努力想让他理解。可到头来我们仍然像两条平行线一样，事情最后就不了了之了。园香似乎也没有勇气不顾男友的反对闯入夜的世界。"

"后来你就没再和园香小姐联系过了吗？比如问她有没有改变想法之类的。"

根岸秀美苦笑着摇摇头。"没有。已经被对方拒绝，还要不停追在后面，这种难堪的事情我从没做过。"

"但是上个月的二十三号，上辻那边主动给你打了电话吧？要是能告诉我详细情况就太感谢了。"

"没什么可隐瞒的。他问我那件事还行不行得通。"

"那件事？"

"就是雇园香到我们店里工作的事。我回答当然行得通，如果她本人有此意愿，随时都热烈欢迎。于是上辻先生问我是否会给园香准备前期资金，我又回答因为很多方面都需要钱，我确实打算准备一定数额的资金。结果您猜那个人说了什么？"

"什么？"

"他说如果园香要正式成为女招待，就必须辞掉现在的工作，因此需要一笔钱来维持当前的生活。我问需要多少，他说最少三百万。"

草薙脱口而出。"这是漫天要价啊！"

"我边接电话边想，为什么事到如今他会突然来电，真是不可思议。但是听到他的话，我恍然大悟。简单来说，他就是来要钱的。我不知道发生了什么，但大概是突然需要钱。我说我会考虑一下，就挂断了电话，觉得园香的事恐怕只能放弃了。无论多么出色的孩子，没有看男人的眼光，就是致命的缺陷。"

"后来呢？你联系他了吗？"

"没有。"根岸秀美否定道,"我没有主动联系过他。如果他再来找我,我也准备告诉他,这件事就算我们没有缘分。可是后来他就杳无音信了,也不知道究竟发生了什么,真是没礼貌。"

"是这么一回事啊,我明白了。问了这么多细节,不好意思。"草薙道歉般抬起一只手,随后直接拿过玻璃杯。

"上辻先生到底做了什么?"根岸秀美压低声音问道,"他好像在经济上有困难,难道是去抢劫了?"

"听起来你是不知道啊。"

"什么?"

"上辻一度行踪不明,但后来被发现漂在千叶的海上。"

"漂……"根岸秀美低喃了一声,随即颤抖起来,"我还是想确认一下,不是坐船或游泳吧?"

"很遗憾,不是的。"

根岸秀美猛地挺直了后背。"这也太可怕了。"

"所以我才会到处询问情况。"

"这样啊,辛苦了。"根岸秀美认真地低头致意,"那……草薙先生,园香怎么样了?那个人去世了,就意味着园香现在是一个人了?"

"很抱歉,这个不能由我来说,毕竟是和调查相关的事。如果你很在意,试着联系她怎么样?"

"也是,我会打电话试试的。"

"那样最好。"

草薙随后在心中继续说道:恐怕是打不通的。

几批客人陆续进店,其中也有人与女招待相伴。

"最后还有一个问题,或许会让你感到不愉快,但所有相关人员都必须回答。"

"无须多虑，请问吧。"

"不好意思，那么请容我提问：上个月的二十七号和二十八号，你还记得自己在哪里吗？"

"二十七和二十八是吧……"根岸秀美再次拿出手机，"那两天不知怎么了，身体不太舒服，几乎没出家门。"

"也没来店里吗？"

"没有。您可能也注意到了，我现在基本不怎么来店里。像我这种老太婆要是还在店里转来转去，客人们肯定也不乐意。今天也一样，如果不是通知我有特别的客人在等候，我大概就会休息了。我已经完全习惯了闭门不出，所以——"根岸秀美朝草薙微微一笑，"也就是说，我没有不在场证明。"

"如果有什么能证明你一直在家，就是充分的不在场证明。当时没人和你在一起吗？"

"很遗憾，我是个孤独的老人。我会被怀疑吗？"

"那倒不至于。我明白了，就聊到这里吧。"草薙喝光味道已完全变淡的威士忌，把玻璃杯放到吧台上，"结账。"

"今晚我请客。"

"那怎么行。我有我的原则。"

"是吗？那就像以前一样给您寄送账单。地址没有变吧？"

"没变。拜托你了。"草薙说着站起身。

草薙走出店外，乘上电梯。根岸秀美也走了进来，似乎要送他到楼下。

"很久没有这么开心了。"

"那就太好了。但是，还希望您下次别这么匆忙。"

"说得是。近期我会再来的。"

"请务必再次光临,到时候我会多带几个好孩子的。"

"嗯,我很期待。"

电梯到达一层。看到摆满电梯间的花篮,草薙突然想起了什么,停下脚步。

"怎么了?"根岸秀美问道。

草薙拿出手机。"好不容易才来一次,我想拍张纪念照。能和你一起拍一张吗?"

"哎呀,那真是荣幸。"

一个不知来自哪家店的黑衣男子正好走过,根岸秀美叫住了他,让他帮忙拍照。年轻的黑衣男子爽快地答应了,于是草薙递出手机。

拍完照片,草薙把手机收回口袋,对根岸秀美说:"那么,下次再见了。"

"今后也请多多关照。"根岸秀美两手在身前并拢,恭恭敬敬地行礼致意。

草薙走入银座的夜色中。拐过一个街角后,他拿出手机,找出刚才拍摄的照片。根岸秀美的笑容里透着饱经世故之人深不可测的果决与从容。

或许真的会在近期再次拜访这家店,草薙觉得,到时试着邀请一下那位朋友应该也不错。

10

看到手机上的照片，青山店长的反应与上次明显不同。她两眼放光，用力点了点头。

"就是这个人，肯定没错。那天她虽然没这么漂亮，但确实比实际年龄显得年轻。"

"非常感谢。"薰拿过手机。屏幕上呈现出两个人平和的表情，一个是草薙，另一个就是在银座经营高级俱乐部的根岸秀美。

"关于这位女士来时的情形，您能讲得更详细吗？岛内园香小姐在吗——她是这样问的吗？"

"我记不清了，但应该差不多。我说岛内今天休息，她就立刻问是轮休吗，于是我回答不是，应该是身体不适。结果，她继续问是不是常有这种情况，我说不是，岛内很少这样。"

"你们就说了这些？"

"还有……"青山店长沉思般歪过头，随后继续说道，"对了，她还问了上班时间。"

"上班时间？"

"她问最近岛内是什么时间上班,我说每天的安排不一定相同……"

"然后她又怎么说?"

"她问最近忙不忙,我说这要看是什么时期,不过最近没那么忙。她说了句这样啊,就回去了。她看起来非常担心。"

"后来她没再来过吗?"

"是的,据我所知没再来过。"

"我明白了。百忙之中多有打扰,感谢您的配合。"

薰回到特别搜查本部,看到草薙正把手机贴在耳边打电话。

"独栋啊。是住宅区吗?……好,那就给我分头挨个调查……如果有人知道藏身地点当然最好,但恐怕没法抱有太高的期待。只要是与松永奈江相关的,什么事都可以。关于她丈夫的情况也要好好调查,例如工作地之类的……对了,像是经常去购物的店铺,还有常去的美容院,如果知道是哪里,就都去问问。在时间允许的情况下去搜集更多的信息……嗯,就是这个意思。那么拜托了。"

看到草薙气势汹汹地结束了通话,薰走上前去。"组长,我回来了。"

"怎么样?"

"猜对了——去花店的就是这名女士。"薰用手机展示出草薙和根岸秀美的照片。

草薙喜笑颜开,右拳猛地击向左手掌心。"果然如此。自从听你说有个老妇人拜访过岛内园香,我就一直惦记着。店长说那人显得比同龄人贵气,没错吧?我和秀美妈妈见了个面,分别时突然灵光一现。看来我做刑警的直觉还是没有丢啊。"

"那位妈妈桑没有说出她曾经为了见园香而去拜访花店的事,

93

这一点让人很在意。"

"岂止是让人在意，根本就说不通。她应该不是忘记了，从当时谈话的情形来看，没提到这件事实在奇怪。她还断言说，她从没有在被拒绝的情况下还纠缠着不放。"

"但实际情况是她去花店找园香了。而且根据青山店长的说法，她看起来不像是一时兴起顺道过去的。"

"什么意思？"

薰详细汇报了从青山店长那里听到的情况。

草薙抱起双臂。"光是根据这些情况，就能感觉她很可能是特意前去调查岛内园香近况的。"

"要是那样，她之后很可能会再次去找园香。不过她没有出现在花店，有可能是去了别的地方。"

"她的目的是什么？真的是不想放弃岛内园香，要说服她去俱乐部工作吗……听她热烈的语气，她好像非常中意岛内园香，就像职业棒球的球探一样。"

"把园香培养成女招待吗……"

听到薰嘟囔，草薙皱起眉头。"没错，怎么了？你不认可吗？"

"与其说不认可，不如说是觉得不合适。我没见过园香本人，没法妄加评论，但我认为她不是那种类型的人。据她高中时代的班主任所说，她不太能表达自己的意见，容易从众。这样的个性，会适合从事那一行？那可是个竞争激烈、你死我活的圈子吧？"薰一咬牙，说出了心底一直在意的事。

"确实如此。"

"说到底，像这样挖人的情况可能发生吗？突然问在花店工作的女孩要不要做女招待……"

"这我也不知道啊。"

"但是组长您应该对高级俱乐部的事情很了解——岸谷主任是这么说的……"

"那家伙怎么这么多嘴。你不要误会，我只是每年会去几次而已。但我也明白你想说什么。无论如何，都需要理清秀美妈妈、上辻以及岛内园香的关系。不过仅看上辻的通讯记录，他们应该交往不深，最近也只有二十三号通过电话，而且就五分钟。"

"是上辻想问园香还有没有被雇用的可能吧？"

"没错。根据上辻银行账户的调查结果，他的经济状况确实非常窘迫，五百万存款在这一年间骤减。不过他几乎没有工作收入，这也是自然的。"

"自己不怎么工作，却让女友去出卖色相，骗取钱财——如果真是这样，那简直就是人渣。园香想要逃走也不奇怪。"

"但那个上辻已经不在人世，她没必要再躲藏起来了。还是说，她不知道上辻死了？不，那不可能……"草薙抱着双臂嘟囔个不停。

"还没有找到任何关于岛内园香她们行踪的线索吗？"

"很遗憾还没有。目前以东京都为中心，给酒店、旅馆和周租公寓等地方都发送了岛内园香的照片，但均未有回应。"

"这么说来，刚才发出了调查问讯的指示吧？其中出现了松永奈江的名字……"

草薙从桌上拿起一份资料。"已经查明松永奈江在搬到如今这处公寓之前的住所了，是在埼玉县的新座市。目前还不知道她具体是从什么时候开始住在埼玉县的，但是从三十五年前开始，她有二十多年都是在埼玉县完成驾照更新的，而且住址一直没有改变。"

看来是从驾照的数据库里找出来的。

"要是住了二十多年，应该能抓到很多信息啊。"

"抓不到就头疼了。与案件重要相关人共同行动的可能性极高——光凭这一点，是无法拿到住宅搜查令的。"草薙苦着脸说，随后又像想起了什么似的转向薰，"去过儿童福利院后，你和汤川有交流过吗？"

"没有，汤川老师完全没联系我。"

"那你就主动试探。或许他已经愿意帮我们给松永奈江发邮件了。"

薰心中并不确定，但还是回答说："我试试看。"

晚上，调查松永奈江旧居的搜查员回来了。见负责指挥的岸谷准备向草薙汇报，在桌前整理报告的薰也停了下来，凝神细听。

"松永奈江搬到新座市是在三十六年前。结婚后不久，她当时的丈夫就建起了新居。丈夫名叫松永吾郎，是这么写的——"岸谷大步走到白板旁，飞速写下"松永吾郎"几个字，"他是个实业家，经营着好几家餐厅。据说他比松永奈江年长将近二十岁，但从没结过婚。据邻居们说，那时松永奈江应该没有工作，是个家庭主妇。这样的生活持续了十几年后，吾郎突然病倒离世。参加过葬礼的人说，吾郎死于肺癌，发现后撑了不到半年就走了。后来，松永奈江一直独自居住，继而在十一年前卖掉房子，搬到了现在的公寓。目前我们还没发现知道她成为绘本作家的人。"说到这里，岸谷总结道："以上就是大概的情况。"

"和她们藏身地点相关的信息呢？没有吗？"草薙不满地说。

"直接相关的目前还没有……不过有条值得注意的信息。听说松永夫妇非常喜欢旅行，经常长期不在家，旅行的目的地大多在国内。"

草薙微微探出身子。"也就是说，有能让他们长期停留的地方？比如别墅之类……"

"目前没听说他们有别墅或度假公寓。"

"是吗？不过如果有这样的地方，应该很快就会被警方发现，藏在那种地方的可能性恐怕很低。"

"我也有同感。不过去世的吾郎人脉很广，朋友当中也许有人持有这类房产，并且曾借给他们小住。"

"就是这样——"听到岸谷的想法，草薙打了个响指，"在与吾郎关系密切的人中，是否有人拥有这类不动产？我们要彻底调查。"

"我知道，已经着手调查了。"与兴奋的草薙不同，岸谷始终不慌不忙。

11

秋高气爽，薰眺望着浮在空中的小巧云朵，想象着奶油泡芙的味道。就在这时，电话响了。薰瞥了一眼屏幕，接起电话。"我是内海。"

"我到了，正在往检票口走。"

"好的。"

挂断电话，薰发动了引擎。她的车正停在第一京滨道路的路肩上。确认后方路况后，她缓缓开动车子。

来到品川站高轮口的出租车乘车处附近，汤川已经站在那里。他似乎注意到了薰的车，快步跑来，迅速坐进了副驾驶座。

"多长时间能到？"汤川一边系安全带一边问。

"导航显示一个小时多一点儿，比想象的时间长。"

"也不算太意外。新座市说是在练马区旁边，但练马区东西跨度大。新座市接壤的又是离东京都中心最远的地方。"

"您知道得真详细啊，在练马区有熟人吗？"

"帝都大学以前在练马区有校区，物理系被放到了那里。那时我还在做研究助理,差不多是二十年前的事了。"

"那不是很让人怀念吗?"

"不会,我没怎么去过大学之外的地方。而且我们要去的不是练马区,而是新座市,和往事毫无关系。"

"那倒也是。"

昨天,薰在草薙的催促下联系了汤川。对于能否试着给松永奈江发封邮件的请求,汤川果然还是没有给她好脸色。

"在朝影园听了各种往事,我很清楚松永女士对于岛内母女来说是非常特别的人,也认为她很有可能正在与园香小姐共同行动。但是,在她与案件的关联尚不明确的情况下,将她当作嫌疑人是不妥当的。"

薰试着说服汤川,表示警方只想确认一下松永奈江会对他的邮件做出什么样的反应,但仍然行不通。汤川认为,如果松永奈江有意藏起岛内园香,那么对于几乎没有来往的人发来的邮件,她应该会视而不见。

然而,当薰表示警方已经查明松永奈江从前的住处时,汤川忽然来了兴趣。不仅如此,他还表示想去一趟,希望薰能告知地址。

于是,两人约好今天在品川站碰面,由薰带他过去。

车子从五反田驶入高速公路,由大桥交叉点向北驶去。路上车辆不多,或许能比导航预计的时间更早到达。

"调查进展怎么样?"汤川问道。

"说实话,不太理想。被害人生前并没有经营起良好的人际关系,与其说他被人憎恨,不如说别人都在躲避他,不想和他再产生关联。而且近来他没有正式的工作,应该也不会和别人发生冲突。"

"如果确实发生过冲突,那就是和身边的熟人了?"

"岛内园香小姐确实很可疑，但是她有不在场证明，我认为可以相信与她一起旅行的朋友的证言。"

"所以实际动手的是松永奈江女士？草薙之前也说了，若是那样，园香小姐还要躲起来就太奇怪了。"

"园香小姐有不在场证明，所以只要一直装作一无所知就好——您是想这么说吧？我也觉得没错，但不是任何人都能像老师您一样采取合理的行动。有时明知是不合理的，却只能一条路走到黑。"

"这次的案子是这么回事吗？园香小姐是怎么走到黑的？"

"最有可能的，就是她害怕事态扩大。制造不在场证明还能接受，但毕竟发生了命案，这个事实给她带来了超乎想象的压力。她没有信心挺胸抬头面对警察，于是就逃走了——难道没有这种可能吗？"

"如果她是独自逃走的，那么我也同意你的说法。但是松永女士也在一起，这又该怎么解释？如果松永女士是负责动手的人，那么她不是应该去说服园香小姐，不让她逃走吗？"

"也许没能说服成功。又或者，松永女士也认为园香小姐实在过于胆怯，无法在警察面前演戏。"

"你说的不是没有可能，但如果园香小姐那么脆弱，从一开始就不会有这种计划，不会干出杀人这么大的事来。应该也有其他方法能让她摆脱上辻的家庭暴力。"

汤川的反驳依旧无可挑剔，薰无法继续回应。"要是找出她们两人，调查就能快速推进了。到底藏在哪里了呢……酒店和旅馆之类的地方好像都没有，现在只能去熟人的别墅和度假公寓，一处一处地查了。"

"确定不在酒店或旅馆里吗?"

"目前还无法断言,但在那些地方的可能性应该很低。我们已经给相关住宿机构发送了园香小姐的照片,希望他们在看到相似的人入住时通知我们,不过目前还没有消息。"

"发送照片?还没有对松永女士和园香小姐发出逮捕令,就做这种通缉一样的事,这合适吗?"

"我们已经让园香小姐的雇主帮忙申报失踪。由于可能被卷入了命案,我们将她的身份定为特别失踪者,允许向各方请求协同调查。不过我们没有发送松永女士的照片,因为她已经告诉编辑藤崎女士,她正在独自旅行,因此不符合失踪条件。"

"对了,目前没有证据证明松永女士和园香小姐在一起吧?"

"您说得没错。您果然还是不想把松永女士当成凶手吗?"

"'果然'是什么意思?"

"也就是说,您愿意相信有过来往的人,无论来往多少……"

"我还没有和她熟到想要袒护她的程度。所以,为了了解她是什么样的人,我才要去她从前的住处。不要毫无根据就得出结论。"

"抱歉,我会注意的。"

"对了,"汤川的语气有所改变,"那件事怎么样了?就是警方为了查明网站刊登人像是否得到过授权,委托外部机构去向运营者确认那件事,后来调查出什么了吗?"

那是在朝影园听到的情况。

"我们询问了网络犯罪对策科,他们确实很重视擅自刊登人像这一问题,但至少警视厅和千叶县警都没有做过突击调查。"

"嗯,果然如此吗……"

"这件事很让人在意呢。不过已经过去半年多了,应该和这次的案件无关。"

薰只是在阐述一己之见，汤川对此并无反应。也许他又认为薰是在无端推测了。

车子驶过多个高速出入口，驶出大泉高速口。从这里开始就要走一般道路了。跟随导航继续前进，车子进入了一片规划整齐的住宅区。不久，住宅区被抛在身后，四周绿意骤增，到处栽满果树。

薰一提到这点，汤川便直白地说："是为了节税吧。这一带的土地持有者很多。固定资产税的节税办法之一，就是将土地变成农田，但不能仅在名目上改变，必须真的种植农作物。栗子树种起来不费功夫，所以应该种得不少。"

"不愧是老师您啊，对这一带真了解。"

"这都是泡沫经济时期的事了，我也不知道还符不符合如今的状况。"

车子又开了一阵，小规模的果园逐渐远离了视线，映入眼帘的是拥有气派庭院的住宅。看到旁边有个投币式停车场，薰决定把车停在那里。

"目的地周围道路狭窄，车子似乎很难停在路边。我们从这里走过去吧。"

"很近吗？"

"是的，看地图就在那里。"

两人下了车，走进道路一侧的小巷。每栋住宅间的距离都保持得恰到好处。薰迈步前行，目光不时落在手机显示的地图上。她已经从前来调查过的搜查员那里听说了几处地标。

看到写有"山下"的名牌，薰停下脚步。那是一栋白色的西式建筑，与搜查员所说一致，应该没错。

"这是哪里？"汤川问。

"这是松永女士住过的地方。当时的房子已经拆除，建起了现在这栋。"

"这么说来，这栋房子比周围的要新一些啊。"汤川环顾四周，信步前行。

他在相邻的民宅前停下脚步，名牌上写着"儿岛"。

"听之前来调查的搜查员说，当时和松永女士交情最深的就是这家的夫人。"

"那可真是个好消息。"汤川说着，摁响了对讲机的按钮。

薰吓得一激灵。"您在干什么？"

汤川若无其事地回过头。"有什么问题吗？"

不一会儿，对讲机中传来女人的声音："您好。"

"百忙之中打扰了。我们是从警视厅来的，想问您一些事情。您现在方便吗？"汤川对着对讲机熟练地说。

"请稍等。"女子回应道。

薰叹了口气，瞪着汤川。"您要是打算这么做，好歹事先和我商量一下。"

"需要吗？你总不会认为，我特意来到这里，只是为了看看周围的住宅区就回去吧？"

"说得也是。"

大门打开了，一名披着开衫、身材娇小的女子出现在门口，看起来六十岁上下。

女子走到院门口。"如果是关于松永奈江女士的事，前几天我已经说过了。"

"感谢您的协助。"薰低下头，"我们还有几件事需要确认。"她说着便看向汤川。

"儿岛女士，您是从什么时候开始住在这里的？"汤川问道。

"我们在这里建房子是在经济泡沫破裂前，已经三十年多了。"

"那时松永夫妇已经住在你们隔壁了吗？"

"嗯，他们建起新居的时间比我们还早两年。"

"听说您和松永女士非常亲近。"

"是啊。我们刚搬来的时候，对周围很陌生。很多事情——比如哪家店能点寿司外卖之类的，都是她告诉我的。"

儿岛夫人的话非常实在。在没有网络也没有手机的年代，这些帮助想必十分有用。

"在您看来，松永女士他们是一对什么样的夫妇？"汤川继续提问，"生活状态啊，兴趣爱好啊，有没有给您留下印象的？"

"他们是一对出色的夫妇。丈夫年长许多，性格稳重，对妻子也非常温柔，至少我没有听奈江女士说过她丈夫的坏话。当时流行打高尔夫，她也去练习过，据说是她丈夫建议的。他们还很喜欢旅行，丈夫从工作一线退下来后，两个人就到处游玩。"

这些内容与岸谷所说一致。

薰也加入提问："听说他们经常去旅行，长期不在家，但名下并没有别墅或度假公寓，对吧？"岸谷等人应该已经确认过这点，但是以防万一，薰又问了一遍。

"是的，我没听说过。但是奈江女士说过，他们经常租用别墅。"

"他们租的是哪里的别墅？"

"对不起，这些细节我已经记不清了。"儿岛夫人一脸歉意，轻轻摆了摆手。

"他们好像没有孩子，关于这点您听说过什么吗？"汤川改变了话题。

"他们一直想要孩子，丈夫的愿望尤其强烈。但是奈江女士也说过，年龄还是有些大了，毕竟结婚时她已经三十五岁。如今有许多治疗不孕不育的方法，但当时的技术……作为替代的是——这么说也许很奇怪——他们十分疼爱我家的孩子。好几次我从外面回到家，发现孩子不在，慌慌张张去找，结果总是发现孩子毫不客气地在他们家吃点心。"

"您家是女儿吗？"汤川问道。

"不，是儿子。自从上了初中后，去吃点心的事渐渐没有了，但生日时还是会收到蛋糕。他们对我儿子真的非常好。"儿岛夫人语气热忱。说着说着，她的情绪也激昂起来。

"您还记得她丈夫去世时的情形吗？"汤川再次改变了提问的方向。

"记得，应该是在我们搬来大约十年的时候。那时我正觉得有一段日子没看到他们了，结果就听说她丈夫住院了……在她丈夫快要去世前，我听她说是肺癌。当时感觉她已经做好了心理准备。"儿岛夫人的表情沉重起来。

"丈夫去世后，松永女士也一直独自住在这里吧？"

"是的。她曾说一个人住房子太大了，而且容易被别人说闲话，准备搬到公寓去，但还是那样又住了十多年。但实际上，她并非始终独自一人。在她丈夫去世差不多两年后，就有一个年轻的母亲带着女儿经常出入她家。她说那是她的朋友，但看她疼爱她们的样子，简直就像对待亲生女儿、外孙女一样。"

"那个母亲是不是叫岛内千鹤子？"

"对、对,是千鹤子。姓什么我不记得了,但总是听到奈江女士叫她千鹤子,毕竟她们几乎每周都来。看到奈江女士完全振作了起来,我也觉得高兴。能够找到生活的意义,真的对她帮助很大。"

"松永女士搬家后,你们没再联系过吗?"

听到汤川询问,儿岛夫人遗憾地皱起眉头。"新的地址倒是告诉我了,但是到头来也没用上。还没找到奈江女士吗?前几天我从那位警官那里听说,她可能被卷入了一起案件。"

"目前我们正在努力调查。"薰插话道。

"是吗……"儿岛夫人声音低沉。

"非常感谢。"汤川说道,"从您这里获得了很多有用的信息。"

"感谢您的协助。"薰也表达了谢意。

"但愿能早日平安找到她。"儿岛夫人温和地说。

离开儿岛家,薰问汤川:"刚才那些话有用吗?"

"已经了解松永女士和岛内母女的关系了。正如岛内母女敬慕她一样,对她来说,岛内母女也是不可替代的。"

"像亲外孙女一样珍视的园香小姐,遭受了同居对象的家庭暴力,松永女士得知此事后不可能毫无反应。"

"肯定会坐立难安吧。"

"可就算如此,我也觉得她不太可能痛下杀手。"

"刚才我也说了,应该还有其他方法能让她摆脱暴力。现在和过去不一样了,有应对家庭暴力的法律和机构。如果遭受暴力,立刻就能在医院获得诊断书,然后直接报警。用杀人来解决,怎么想都毫无意义。"

"那为什么要逃走?"

"我也不知道,也许是想隐藏什么。"

"想隐藏什么？能不能举个例子？"

"那就说不好了，只能去问本人。"汤川若无其事地答道。

他话音刚落，"请留步"的声音就从身后传来。薰停下脚步回头一看，儿岛夫人正一路小跑地追赶他们。

"您怎么了？"薰问道。

"我想起了一件事，是关于度假公寓的。"儿岛夫人有些上气不接下气。

"请说。"

"他们经常去滑雪场的度假公寓，有时住的时间长了，差不多得一个月。这种情况的话，他们通常都会提前来和我们打招呼。"

"是哪里的滑雪场？"

"应该是新潟的，但是很抱歉，我也不敢确定。松永先生上学时加入过滑雪社，听说度假公寓就是那时结交的朋友买下的。那个朋友很忙，没什么时间去住，于是就让松永夫妇随意使用。奈江女士曾经非常愉快地提起过这件事，还说钥匙一直在他们手里。"

"钥匙……"

就是这个——薰当场确信。心跳开始加速。

"松永夫妇最后使用那处公寓是在什么时候？只记得大致的时间也没关系。"

儿岛夫人手扶脸颊，歪头想了想。"我记不太清了……但应该是松永先生去世的前一年。"

"我知道了，您的记忆力真好。"

"都是很久以前的事了，我也不滑雪，都忘得差不多了。一上年纪就不行了啊，要是能帮上忙就好了。"

"这是很重要的信息，非常感谢。"

薰由衷的感激似乎充分传达给了儿岛夫人，她带着满足的笑容回去了。

"容我失礼……"薰对汤川说道，随后拿出手机，给草薙打电话汇报了刚才听到的信息。

"肯定是那里了。"草薙的声音显然低沉了许多，这是他充满干劲的证据。

"我也这么认为。"

"好，我让岸谷去调查。凭这些信息应该能找出来了。"

听完草薙慰劳的话语，薰挂断了电话。

"有收获啊。"汤川说道。

"有大收获。"

"那处公寓大概在汤泽吧。从这里开车出发，立刻就能开进关越自动车道。泡沫经济时期，高速出入口总是大排长龙，汤泽建了不少度假公寓。"

"我知道，但听说几乎都没卖出去。"

"公寓建成时，泡沫已经破裂了，滑雪热潮也消退了。不过，还是有不少真正的滑雪爱好者购房的，据说设施非常完备。听说现在还有不少三十年多年没人入住的低价房呢。"

"近来因为倡导远程办公，好像也有人从东京都市圈搬到那里。也就是说，即使不是滑雪季，那里也会有人居住，是长期藏身的绝佳选择。"

"可能性确实很高。"

"终于能向前推进了。"薰把手机收回口袋，"对了，您接下来想去哪里？刚才说到了高尔夫，松永夫妇常去的高尔夫练习场以前就在附近，要不要去看看？"

"以前就在附近，也就是说现在已经不存在了吧。"

"现在好像成了老年人护理保健中心。"

"那去了也没什么意义。我打算在这附近散散步，然后自己回去，你先走吧。"

薰瞪大了眼睛。"已经够了吗？我们可是只打听了一家啊。"

"话不是听得越多就越好。通过了解居住环境，应该也能有新发现。"

"也对。但离这里最近的车站是大泉学园站，步行过去可不近。"薰的目光在道路两侧游移，没有看到公交站。

"不用担心。那就拜托你跟草薙说明了。"

"对了，组长说有家店想和汤川老师您一起去，是银座的高级俱乐部。"

汤川睁大了双眼，似乎十分意外。"是吗？案子都还没有解决，他还真悠闲。"

"那里的妈妈桑可能和案件有关。她曾经邀请园香小姐去她店里工作。"

"是吗……"汤川露出思索的神情，"那位园香小姐有那方面的魅力吗？"

"我看了她的照片，也听了其他人的描述，倒是不这么觉得。"

"专业妈妈桑的眼光和一般人还是不同吧。店名叫什么？"

"VOWM。"

"VOWM……吗？"汤川嘟囔了一句，目光突然凝固了。

"您怎么了？"

"怎么写？"

"什么怎么写？"

"我是说VOWM。这是哪国语言？不像是英语。"

"请稍等。"薰拿出记事本打开，"是V、O、W、M。不知道是什么语言。"

"这样啊，VOWM。"

"这店名怎么了？"

"不，没什么。你跟草薙说，我非常期待他邀请我。"话音一落，汤川立刻转过身去，快步离开了。

12

听起来像是风声,其实是桌子上的空纸杯倒下后轻轻滚动的声音。园香的后背猛地一阵发凉。她合上连帽衫,站起身来打开窗户。她想要换换气,但这里的空气已让人感觉到了冬季的来临。

园香关上玻璃窗,挂好半月锁。拉上窗帘前,她望向窗外。郁郁苍苍的森林近在眼前,再过一个月,也许就会渐渐被大雪覆盖。不过这一带并不偏僻,步行到新干线车站也用不了五分钟。

园香坐回沙发,目光重新投向电视。电视里正在重播近二十年前拍摄的悬疑剧,年轻的女主角如今已到了只会出演母亲的年龄。园香并不太想看这部电视剧,只是因为没有其他节目可看了。

从很久以前起,她就对电视失去了兴趣。新闻也好,演艺圈爆料也好,体育赛事的结果也好,一切都能从网上获得。比起综艺节目主持人吵吵闹闹的对话,还是想尽办法增加点击量的网红们创作的内容更具吸引力。影视作品也一样,网剧远比不停插播广告的电视剧有趣,性价比也更高。

不过,要想享受这一切,就必须拥有智能手机这一现代文明的利器。得知不能使用手机时，在社交平台失联的不安迅速占据了园香的内心。关掉手机后，她才发现生活的方方面面都离不开手机，而这种依赖程度超乎想象。如果用一句话来描述现在的状态，那就是"什么也做不了，也不知该做什么"。

园香百无聊赖，但也只能看电视。眼下这是她获取外界信息的唯一渠道，也是让她能够稍稍放松的办法。

为什么会变成这样——

开始逃亡生活后，园香一直在思考这个问题。她明白想得再多也没有用，却无法停下思绪。

一年前的她是幸福的。那时，她刚开始和上辻亮太一起生活。

她喜欢做好早饭，叫醒仍在睡梦中的男友。他醒来后，会吸着鼻子闻一闻，猜测味噌汤的食材。他总是猜不对，但对她的厨艺赞不绝口。

每到休息日，两人都会外出购物。在改变房间氛围这件事上，上辻格外积极，总把"这里是我们的城堡"挂在嘴边。

"过去这里是园香你和母亲的城堡，但如今不一样了。现在，这里是我们的城堡，所以必须做'版本升级'。"

买下双人床后，上辻又换了一套餐桌和餐椅。留下园香与千鹤子无数回忆的矮脚桌也被回收商店运走了，园香心生寂寞，却也无可奈何。"不能总是被过去绊住脚步。"上辻的话听起来毫无破绽，园香无法反驳。毕竟上辻那句"我们的城堡"已经足够让她欣喜。

巨大的变化突然降临，上辻从公司辞职了。

"我已经忍耐到极限了。"上辻抱怨道，"社长和同事们的专业意识都太低了。好不容易成立公司，想要干一番自己喜欢的事业，只不过有点儿碰壁，就向之前的公司低头求工作，难道都没有尊严吗?我可受不了跟那样的家伙一起工作。"

这不是上辻第一次吐露对公司的不满。"现在这种情况,我没法发挥自己的才能。"这样的话语经常挂在他的嘴边。但园香还是惊讶不已,她从未想过上辻会真的辞职。

上辻告诉园香,他已经找好了下一份工作。"以前有人邀请我共事。那边应该能充分发挥我的能力。"

"是吗?那我就放心了。"

园香暗想,对于有能力的人来说,换工作并不是什么大不了的事。

但是没过多久,事情就变得奇怪起来。

新工作明明应该已经定下了,上辻却没有再提起,也没有去上班的意思。园香虽然担心,但推测大概是入职需要很多手续,就没有多问。然而,一个月快过去了,事情没有任何进展,她终于忍不住了。

一天晚饭后,园香试着问道:"工作怎么样了?"

上辻正要端起茶杯,停了下来,眉毛一动。"什么意思?"

"你之前提到的那家公司……什么时候开始上班?"

"哦,"上辻立刻露出不耐烦的表情,"我拒绝那家公司了。"

"哎?"园香睁大了眼睛,"为什么?"

上辻皱起眉头,嗤之以鼻地说道:"我仔细一问,是家无聊的公司。帮超市制作降价商品的推销短片什么的,这种活儿外行也能做。虽然也接广告,但委托方净是乡下的电视台,这种东西没人会看。我完全被骗了。"

"是吗……那要怎么办?"

"已经不能指望别人了,我要做独立制作人。"

"独立制作人？什么意思？"

"不属于任何机构，自己做策划，然后向各处推销。如果方案被采用，再以制作人的身份参与进去。乔治·卢卡斯就是这样拍成《星球大战》的。"

他举出的作品过于出色，给人不着边际的感觉。

"那样没关系吗？"

园香脱口而出，上辻立刻皱起眉头，眼珠一转，瞪着园香。"没关系？什么意思？"

"就是担心能不能那么顺利……这个社会没有那么简单，不会只让人做自己喜欢的事。"

话音刚落，上辻的表情就变了。他嘴角扭曲，眼睛上挑，猛地伸出右手掐住了园香的下巴。巨大的力量让园香疼痛不已。

"社会没有那么简单？还真是高高在上啊。你以为我是谁？你知道我之前做了多少工作吗？明明对这个行业一无所知，说什么大话！"

"好疼啊……"

"要是想让我放手，就赶紧道歉！你侮辱了我，快赔不是！"

"对不起……"园香呻吟般说道。上辻终于放开了手。

园香抚摸着疼痛的下巴，轻声说："我没有侮辱你，只是担心……"

上辻的右手再次伸了过来，这次拽住的是头发。

"啊——"园香发出惨叫。

"我都说了那就是侮辱！你还不明白吗？"

"对不起，对不起，我不会再说了。"

上辻像是把园香扔出去一样，松开了她的头发。

园香动弹不得，大脑中一片空白。

沉默了片刻后，上辻说道："对不起。我啊……哪怕全世界都与我为敌，只要园香你还站在我这一边，我就会斗志昂扬，有信心继续战斗下去。换句话说，我只是希望你能相信我的能力。听到你这样质疑我，我怎么可能不伤心？"

这番像是从牙齿里挤出的话听起来情真意切，动摇着园香的心。他说得或许没有错，如果自己都不相信他，他还能怎么办呢？

"是啊……"园香喃喃道，"如果真的相信亮太你的才能，就不应该担心。的确是我不好，对不起。"

"你明白就好。"上辻的目光柔和起来，"不被信任的感觉是最伤人的。"

"我相信你。我不会再说奇怪的话了，我保证。"

不知为什么，在园香的认识和记忆中，她把这件事归咎于自己。

奈江夫人——松永奈江来公寓拜访园香，是在这件事发生后不久。她时常给园香发邮件询问近况，园香每次都回复说一切安好，不用担心。不过，园香隐瞒了她与上辻同居的事，因为她料想奈江夫人一定会不悦。奈江夫人过去就常对千鹤子说："一定要多留心园香交往的对象，那孩子太容易被人牵着鼻子走。"

当奈江没打招呼就前来拜访时，园香惊慌不已。听到对讲机里传出的门铃声，她随口应了一声"来了"，没想到竟听到了奈江的声音。过度的惊讶让她手中正在洗的平底锅掉到了地上。

她不可能假装不在家，只好打开门。这天上辻外出了。

一看到园香，奈江的双眼亮了起来。"不好意思啊，我正好到这附近，就临时起意想来看看你。我想你大概去上班了，但又隐隐觉得也许能见到你。我的预感很准吧？"奈江笑了。她这天似乎没怎么化妆，鼻梁上架着眼镜。

"您可以提前联系我一下的。"

"我是想如果你不在就算了，反正也没有什么重要的事。"奈江说着扫了一眼屋内，园香眼看着她的表情蒙上了阴云，"要是你不方便，我现在就回去。"

"没有那回事。"

"那我就打扰了，可以吗？"

"嗯。"园香无法拒绝，招呼奈江进了屋。

两人在餐桌旁相对而坐。这张桌子是以前没有的。

奈江的视线投向里屋。有一间屋子的拉门紧闭着，那是上辻使用的房间。

"他是什么样的人？"奈江语气轻快地问，"好像有人和你一起住。"她显然已经看出与园香同住的是个男人。

"原本是花店的客人，因为工作需要，找我商量花艺的事……"

园香说明了两人交往的经过。她想尽量说得模糊一些，但又不擅长简化，到头来连细节都讲得清清楚楚，最后还讲出了上辻辞去工作、转为自由职业的现状。

奈江始终带着笑容倾听，但她并没有认可。这从她的视线中就能明白。

"你很喜欢那个人吗？"

听完园香的讲述，奈江问道。这个出乎意料的问题让园香眨了好几次眼睛。

"喜欢啊。为什么这么问？"

"唔……"奈江歪过头，沉吟一声，"听了你的话，我总觉得有些不对劲。换个说法吧——你觉得现在的生活真的幸福吗？"

直截了当的提问吓了园香一跳。她这样狼狈，或许正因为奈江抓住了问题的核心——这是她自己从未考虑过的。

不过，园香还是拼命保持平静，答道："我很幸福，这不是理所当然的嘛。"

"真的吗？那我问一句，你觉得幸福是什么？无论将来怎样，只要当下快乐，就是幸福的——你是这么想的吗？"

"不是的，我也在认真考虑将来的事。"

"那他呢？他也在考虑吗？你敢肯定吗？"

"我敢肯定啊，他也在考虑……"回答的声音渐渐微弱下来。园香察觉到体温正在上升。

"怎么考虑的？比如打算在这里住到什么时候？有搬家的计划吗？这么说可能有些不妥，但这里可不是能终生定居的地方。他是怎么考虑你们两人的事的？虽然结婚不是一切，但应该规划好你们的未来……你觉得呢？"

"……他说他会认真对待的。"园香低着头回答。

"怎样认真对待呢？他真的有在工作吗？我虽然不太了解，但影视相关的自由职业应该不太容易做，马马虎虎可不行。他最近都在做什么，有跟你讲过吗？应该没有吧？"

奈江的话像来势汹汹的骤雨，把园香全身打了个遍。园香无从反驳，只能低头不语。

不过，她不想就此承认。一旦承认，就等于全盘否定了迄今为止的生活。她想要相信，在千鹤子去世后，她是自食其力生活下来的。

一连串的逼问后，园香吐出了这样的话语："不要管我了。"

"你说什么?"

园香抬起脸。"我说您不要管我了。我有我的考虑,当然也考虑过将来的事。我相信他,只要跟着他就一定会顺利。所以,请您不要再对我指手画脚,不要再管我了。我和妈妈不一样。奈江夫人——奈江女士您也许就像妈妈的母亲一样,但对我来说,您只是个外人。"

园香生平第一次用这么强硬的语气责备别人;而且她明白,最后一句话对奈江最有效果。果然,奈江立刻悲伤地沉默下来。

尴尬的空气在两人之间流淌。园香不禁重新梳理起思绪:对一直照顾自己的奈江如此爆发,的确还是太欠考虑了。她慌张起来,想要找些挽回场面的话。

就在这时,门打开了。

当然不是外人,上辻的身影出现在了门口。看到屋内有一个陌生的老妇人,上辻十分惊讶,一声不吭地站在原地。随后,他仿佛在说"这是谁",将责问般的尖锐视线投向园香。

"这是松……松永奈江女士。"园香介绍道,"我跟你提起过吧?从前她对我去世的妈妈照顾有加。"

园香确实说过。

"哦。"上辻露出了肯定的表情。

"今天突然来访的。"

"这样啊。"上辻的表情缓和下来,脱下鞋子,"我从园香那里听说过,她们母女得到过您很多帮助。园香还说,能像如今这样幸福地生活,追根溯源的话,也是托您的福——是吧?"

园香不记得自己说过这样的话,但是她必须配合。"嗯。"她点点头。

"哎，还那么说过吗？"奈江颇有深意地望向园香。

"请容我推测一下：您今天来，是为了检查园香有没有在好好生活吧？"上辻面带笑容，语气中夹杂着玩笑的成分。

"怎么会呢？不是那样的。我正好到附近来，就顺便过来看看。"奈江苦笑着站起身，"抱歉打扰你们了。园香，下次再见吧。"

园香默默地点了点头。

奈江走到屋外，啪嗒一声关上门。外面隐约传来她走下楼梯的脚步声。

"你点什么头啊？"在那声音消失的瞬间，上辻大吼起来，一脚踹倒了奈江刚才坐的椅子。

"哎？什么？"

"她说下次再见，你怎么还能像个笨蛋一样点头呢？怎么就不知道说一句'别再来了'？"

"啊……"园香大脑一片混乱，完全无法理解上辻为何发怒。

"还有，在那之前，为什么不跟我说一声就随便让她进来？这不是很奇怪吗？"

"因为是突然来的……"

"把她赶走不就好了？就说你在忙，理由要多少有多少。为什么不把她赶走？"

"对不起，我完全没想到。而且，她一直很照顾我……"

"是照顾你的母亲，对吧？照顾的不是你吧？现在她还在照顾你吗？给了你哪怕一分钱吗？帮你什么了吗？说啊！"

"唔……没有。"

"对吧？那就赶紧断了关系，今后绝对不要让她进来，在外面也别见面，电话就拉进黑名单。明白了吗？"

"亮太，你就那么讨厌奈江……讨厌那个人吗？"

"当然讨厌啊。大概她也讨厌我，想让你和我分手吧？怎么样，我说中了吗？"

园香一惊，上辻说得没错。见面的瞬间就能洞察到如此地步，或许上辻生来就有一眼辨别敌我的能力。

"她问我将来要怎么办，"园香低语，"问你有没有好好为我考虑。"

"那你是怎么回答的？"

"我说你考虑了。"

"是吗，那个老太婆怎么说？"

"她问了工作的事。"

"工作？"

"问你真的在工作吗，还问我知不知道你最近在做什么……"

"那你又是怎么回答的？"

园香沉默了。她刚才就无法回答，现在当然也答不出来。

咣！冲击过后回过神来，园香发现自己已经倒在地板上。右脸传来火辣辣的肿胀感，她知道自己被打了。疼痛是在被打之后袭来的。

"为什么答不出来？哪怕一句'他做了很多'都说不出口吗？今天我也是和别人商量工作才出去的。为什么答不出来？喂！为什么啊？"

上辻抓住园香的双肩，猛烈地摇晃。园香的脖子被晃得咔咔作响，她几乎要呕吐出来。

"我不知道……"她勉强挤出一句。

"不知道？不知道什么？"

"我也不知道为什么没能好好回答。但是不答不行，对吧？对不起……"

泪水涌出眼眶，顺着脸颊向下流淌。为什么要哭呢？这个疑问从心头掠过，但园香努力不去思考。

上辻死死盯着她的脸，随后猛地抱紧了她。"只有这点你不要忘了——对我来说，最重要的事，就是守护我们两人的生活。为此我随时随地都在思考该怎么做才好。在这个世界上，没有比我更为你着想的人了，一个都没有。不要相信其他人。"

"我明白……谢谢你。"

脸上挨了一拳，却还要向对方道谢。明明很奇怪，此时的园香却根本察觉不到了。

以这天为界线，一切都变了。

此前，上辻就经常对园香指手画脚，但在这天之后，干涉更甚一层。除了去工作，他严禁园香随意外出。园香即使被允许离家，也不能擅自去计划外的地方。

上辻还不愿意让园香和其他人见面。即使是去见高中的好友冈谷真纪，上辻也频繁给她发送信息，询问她什么时候回家。一回家，上辻就不依不饶地打听她们做了什么，聊了哪些话题。最后他又问："和过去的朋友见面有什么开心的吗？"园香一回答"换换心情"，上辻便说"你是说和我在一起觉得窒息吗"，继而拳脚相加。随着束缚越来越紧，上辻的暴力行为也越来越频繁。

无论怎么想，这都是不正常的，园香却一度将之解释为上辻爱的表现。那究竟是错觉，还是自我催眠，园香至今都说不清楚。

身后传来咔嗒一声，园香回过神来。回头一看，奈江正拉着大行李箱，从隔壁房间走出来。

"要外出吗？"园香问道。

奈江点了点头。"要转移了。"

"转移？"

"我们要离开这里。园香你也赶紧收拾东西吧，一个小时内就出发。"

奈江的语气从容不迫，但明显是为了不让园香紧张。

园香拿起遥控器，关掉电视。她无法预想接下来将会怎样，但是决心已定。她将摒弃一切多余的疑虑，只按照奈江的指示行动，默默地跟在她的身后，仅此而已——

13

出现在液晶屏幕上的是一栋浅褐色的建筑,看起来不止十层,规模十分可观,比草薙想象中的要大得多。

"噢,看起来还挺新啊。建了多少年了?"提出问题的是管理官间宫。他就坐在草薙的斜后方。

草薙转脸看向右侧。"内海。"他唤道。

"三十一年了。"内海操作着手机回答道,"但是十六年前进行过大规模修缮,改装了外墙。"

"是吗?真够豪华的。"间宫面带惊讶。

"毕竟是泡沫经济时代的产物——各种设施也都很完备吧?"草薙再次询问内海。

"温泉、健身房、游泳池等设施都有,听说以前还有餐厅。"

"简直就是酒店啊。管理费是多少?"间宫似乎很在意细节。

"每月五万日元。"

听到内海的回答,草薙和间宫面面相觑,耸了耸肩膀,内心感叹真不愧是泡沫经济时代的遗产。无论资产价值如何缩水,管理费也没有改变。

草薙看了看手表，快到下午三点了。"管理官，可以下达指示了吗？"

"嗯，交给你了。"

草薙靠近旁边的麦克风。"岸谷，听得见吗？"

"听得见。"显示器内置的扬声器传来声音。

"现在画面稳定，你们马上进去，摄像机保持现状就好。"

"明白，我们现在进去。"

草薙的视线移向显示器，画面上出现了岸谷走近建筑的背影。负责摄像的应该是年轻刑警。有两位搜查员与岸谷同行，平时还会再多些人手，但这次要面对的是两名女性，其中一名还是老人，抵抗的可能性很小。

岸谷他们所在的位置是新潟县的汤泽町。他们的目的地是一栋高级度假公寓，距离上越新干线的越后汤泽站只有几分钟脚程。据警方推测，岛内园香和松永奈江就在公寓中。

昨天下午，从内海薰那里收到消息后，草薙就命令部下找出松永夫妇曾多次居住的度假公寓。他们掌握了线索。据内海薰所说，公寓的主人是松永奈江的亡夫松永吾郎在滑雪社的朋友。警方立即调查了松永吾郎的履历，查出他就读的大学，随后拿到了滑雪社的老成员名单，逐一询问与他同期的人。问题非常简单：你名下有度假公寓吗？如果有，现在情况如何？借给别人用过吗？当然，警方并没有提及案件，而是以其他理由展开调查。

到了今天中午，警方找到了目标人物。这名男子在东京市区的一家公司担任董事，在汤泽町拥有一处假公寓，也曾借给松永夫妇使用。他嫌取回钥匙太麻烦，一直将备用钥匙寄放在松永夫妇手里，表示他们随时都可以去住。据前去问话的搜查员说，男子年事已高，腿脚不好，已经不再滑雪；他也不打算去公寓居住，但由于无论怎么降都卖不出去，只得暂时放在那里。

草薙接到报告后确信这就是他们要找的地方，命令搜查员征得许可进入公寓，并借用钥匙。于是，搜查员向男子进行了说明，表示松永奈江被卷入犯罪之中，可能就在汤泽的公寓里，随后顺利借到了钥匙。就在两个小时前，岸谷等人带着钥匙离开了特别搜查本部。

终于要看到曙光了吗——草薙盯着显示器，期待在胸中膨胀。他相信只要控制住那两个人，这起案件就将告破。因此他提议通知管理官间宫，让他也一起确认现场。

岸谷等人已经来到公寓的大门前，电子门禁出现在了画面中。

"组长，"岸谷低声呼叫，"可以不按门铃吧？"

"当然，用钥匙进去就行。"

"有管理员在，不用打招呼吗？"

"不用。别让他怀疑你们就行。"

"收到。"岸谷戴着附有麦克风的耳机，正在用手机通话。比起使用专门的耳麦，现在这样要自然得多。

岸谷等人打开大门，走进公寓楼中。草薙深吸了一口气：终于等到这一刻了。

这时，内海薰从旁伸出手来，将纸杯放到草薙面前。咖啡的香气飘入鼻腔。

"组长，您又抖腿了……"

"啊，是吗？"草薙拍了拍右腿。这是他一紧张就会冒出来的坏习惯。平时他总是对部下说，如果发现他抖腿就要及时告诉他。

他握住纸杯，一边注视着画面，一边啜了口咖啡。

岸谷等人穿过大堂。墙壁上装饰着镶嵌在画框里的大幅绘画作品，大堂里还有个小喷泉，只是没有喷水。

一行人来到电梯间。目的地位于九层，他们走入电梯，岸谷按下九层的按钮。

画面消失了，应该是没有信号了。

"没有看见住户啊……"内海在一旁嘀咕。

"是啊。"草薙回答。确实如内海所说，目前还没有拍到其他人，大概是因为现在既不是避暑季，也不是滑雪季。

画面恢复了。岸谷等人从电梯走出，踏上公寓内部的走廊。透过显示器也能看出，深色的地毯价值不菲。

这时，他们停下了脚步。深棕色的房门出现在画面中，可以看到户号，但并没有名牌之类的东西。

"到门口了。"岸谷低声说道。

"我们看到了。按门铃试试。"

"我现在就按。"

画面中的岸谷按下了对讲机的按钮，门铃声隐约传来。

草薙探出身子。对讲机的扬声器中会传来应答吗？还是说门会直接打开？对方即使通过猫眼看到岸谷等人也不要紧，毕竟是九层，不用担心她通过窗户逃跑。

"无人应答。"岸谷说，"我再试一次。"

"嗯。"

岸谷再次按下按钮。然而结果相同，既没有应答，也没人开门。

岸谷摘掉耳机，将耳朵贴在门上。过了一会儿，他再次将耳机戴上。

"听到什么了吗?"草薙问。

"没有,里面好像没人。"

难道是外出了?即便如此,也肯定会回来的。在哪里埋伏是个问题,但目前优先要做的是确认屋内的情况。

"岸谷,开门进去。"

"可以吗?"

"没关系,我们已经得到房主许可了。"

显示器上映出了岸谷准备开门的样子。为了抚平焦躁的心情,草薙喝了口咖啡。

门开了。岸谷一行人脱掉鞋子,走进屋内。直接穿鞋进去总归不太合适。

昏暗的室内开着灯,似乎有人早就打开了开关。现在还是白天,但屋里就像拉了遮光窗帘一样。

画面里出现的是起居室,靠里的地方还摆着餐桌。

草薙的视线在显示器上快速游走,寻找有人居住的证明,但在画面范围内并未找到。

"其他房间呢?"

"现在就去看。"岸谷一边回答,一边打开通向相邻房间的门。

那里放着两张大床,收拾得干净整齐,还罩着床罩。

斜后方传来间宫的低吟声。"怎么回事,草薙?"

草薙靠近麦克风。"给我彻底检查!包啊,衣服啊,都看看有没有!"他也明白自己的声音有些失控。

岸谷打开衣柜,又打开了架子上的抽屉。

"什么都没有。"

"垃圾箱里呢?"

岸谷拿过床边的垃圾箱,默默地对准摄像机。里面空空如也。

"去查查洗脸台和浴室!"

"是。"岸谷答道,开始在屋内走动。他来到走廊,打开洗脸台的灯。再向里似乎就是浴室,于是他又打开了那扇门。

"地板的状态怎么样?没湿吗?"草薙询问。

"是干的。不过浴室里有烘干机,两个小时应该能吹干。"岸谷说着蹲了下去,好像是在查看排水口,"这里没有残留物,连一根头发都没有。"

草薙咂了咂嘴,一脚踢向地板。岛内园香她们藏身于此——这个推测难道完全错了吗?

"主任——"就在这时,扬声器中传来了呼喊岸谷的声音。一名搜查员沿着走廊走来,正把什么东西递给岸谷。

"怎么了?"草薙问道。

岸谷将手中的东西朝向摄像机。那是一张透明的玻璃纸。"应该是三明治包装,上面贴着印有保质期的贴纸。"

草薙探出身子。"保质期到什么时候?"

"到今天凌晨两点。"

液晶显示屏上映出了装有自动锁的公寓大门,门内的两名女子正准备外出。两人都戴着帽子和口罩,无法看清面部。但有些东西是无法隐藏的,那就是行李。一名女子拉着大行李箱,另一名则提着包。

"停一下。"

听到草薙的命令,内海薰暂停了画面。

他们正在查看度假公寓的监控录像。松永奈江她们有可能已经离开了公寓，草薙指示岸谷检查相应时间段的监控，结果发现了这一幕。岸谷立刻传回数据，日期和时间显示为昨天下午五点十分。

内海薰将打印出来的两张截图放在草薙面前，那是松永奈江所住公寓的监控画面。两张截图分别是松永奈江和岛内园香离开公寓时的画面。

"旅行箱和提包都一样。"内海薰平静地说。

草薙点点头，拨通了岸谷的电话。"是我，拍到的应该就是那两个人。"

"是。问了管理员，据说最近经常看见她们，只是不知道是从什么时候住进来的，所以目前还在调查监控录像。"

恐怕是离开东京的那天。或许正因为有适合藏身的地方，两人才决心逃走。

"调查公寓的垃圾站了吗？"

"嗯，但垃圾在今天早上被收走了。"

"是吗……"

这里的垃圾二十四小时都可以丢弃。松永奈江她们在离开公寓前清理了垃圾，恐怕并非是为了消灭证据，而是身为住户理所当然的行为。

问题在于她们为什么离开，以及接下来要去哪里。

"你们现在就去越后汤泽站，从头开始查监控录像。我会和新潟县警打招呼的。"

"明白。"

草薙挂断电话后，叹了口气，看向一旁面色凝重的内海薰。两人四目相对。

"你是不是想说什么啊?"

女刑警露出颇有深意的目光。"想说什么的难道不是组长您吗?"

"什么意思?"

"就是字面意思。一直在意的事情不说出口,对心理健康可不好。"

"这句话我原封不动奉还给你。内海,这是上司的命令,要是有什么想说的就赶紧说。"

内海薰稍稍皱了下眉,随后便像打消顾虑般点了点头,开口道:"松永夫妇曾频繁使用朋友的度假公寓,我向您报告这点是在昨天上午十一点左右,没错吧?"

"没错。"

"大约六小时后,松永奈江和岛内园香离开了公寓。我觉得这时间也太巧了,组长您怎么认为?"

草薙抱起双臂,看了看四周,应该没有人在偷听。"你是说有人通知了她们吗?告诉她们警方已经注意到了度假公寓的存在。"

"您不觉得这样想很合理吗?要说她们两人中的一方觉得度假公寓快要暴露,于是提出去别的地方,反而不太合理。"

"真如你所言的话,能够联系她们的人就很有限了。"

内海薰缓缓地摇了摇头。"岂止是有限,根本就只有一个人。组长您也明白吧?"

面对女刑警锐利的目光,草薙不知如何回应。当他不由得扭过脸时,电话响了,是负责调查的部下打来的。

"我是草薙。怎么了?"

"我们给海豚高地的居民看了根岸秀美的照片,找到了一个月前跟她交谈过的人。是一名主妇，住在岛内园香家斜下方那一户。"

草薙用力握紧手机。"确定吗？"

"嗯，应该没错。那名主妇还记得自己当时很感慨，对方年纪都那么大了，妆却化得很漂亮。"

这句话很有说服力，草薙点了点头。"当时是什么情况？她们都聊了什么？"

"那名主妇准备外出购物，刚一出门就被叫住了。对方问她认不认识楼上那一户的情侣，她说知道两人的模样，但没说过话，男人看起来非常粗暴，所以不想和他们有瓜葛。对方追问男人是怎么粗暴的，主妇就回答说她也不了解详情，但听邻居说那个男人经常殴打伴侣。"

"还有吗？"

"就聊了这些。对方好像还想多问几句，但主妇不想卷入麻烦中，就一个劲儿说自己不太清楚，很快抽身离开了。"

"知道具体的日期和时间吗？"

"那名主妇记不太清了，只说大概是一个月前。"

"这样啊……公寓里的住户都问过话了吗？"

"还差两家，但是都没有人在家。我们会再等一会儿。"

"我知道了，拜托了。"

挂断电话后，草薙将通话内容告诉了内海薰。

"与那边的情况一致啊，就是我在上野的花店打听到的情况。根岸秀美为拜访岛内园香来到店里，但园香正好休息。于是她就向店长青山打听了园香的各方面近况——那也是一个月前的事。"

"秀美妈妈吗……看来无论如何都不能忽视啊。不过，这和松永奈江带着岛内园香四处奔逃又有什么关系？"

"那个问题要怎么处理?"内海薰继续问道,"向松永告密的人该怎么处理?"

草薙用右手揉了揉左肩,来回转动脖子,关节发出钝重的声音。当上组长以来,他的肩膀越发僵硬了。"马上就见分晓了。要一石二鸟吗?"草薙说着拿起手机,却在触碰屏幕前看向内海薰,"你去一趟上野的花店,有件事需要确认。"

14

草薙按下电梯间的按钮，回头一看，汤川正饶有兴趣地望着墙上的招牌。

"你看起来很怀念啊。"草薙说道。

"我正在想有多少年没来这种店了。那是什么时候来着？被你邀请去了奇怪的店，说那里有具备透视能力的女招待。大概从那以后就没来过了。"

"有透视能力的女招待吗？确实有这么一回事。"

那是很久以前的事了。草薙已经想不起来汤川是如何看破了那种透视技法的，连技法本身也忘得一干二净了。

不过他还记得，在那名女招待被杀害后，是汤川解了谜，帮他破了案。不只是那时，这位物理学家朋友对他的帮助数不胜数。

两人来到十层。走出电梯的瞬间，一句精神抖擞的"欢迎光临"和上次一样飞到耳边。黑衣男人快步走上前来。

"草薙先生，您这么快就再次光临，真是不胜感激。"恭敬地打过招呼后，他的目光立刻瞥向草薙身后。

"今天是两个人,尽量安排角落里的座位。我们想见秀美妈妈,在那之前不用带其他女人来。"

"好的。最近秀美妈妈几乎每天都来上班,我想您应该很快就能见到她。"

"那再好不过了。"

两人被带到了最靠里的桌子,可以一眼望遍店内。这应该是为贵客专门预留的特等席,但现在时间还早。黑衣男人心里也有数,知道草薙他们办完事就会立刻离开。

年轻的黑衣男人拿来了草薙的酒。

"给我来杯乌龙茶吧。"

"好的。"黑衣男人回答。

"不喝酒吗?"汤川问道。

"今天就算了,之后可能还要回本部。你不用客气,尽管喝。"

"我当然不会客气。"

汤川点了加苏打水的威士忌。

"调查进展得怎么样了?"黑衣男人离开后,汤川端起大玻璃杯问。

"很难说顺利,但已经快看到曙光了,只不过有点儿模糊。"

"松永奈江女士的嫌疑依然很大吗?"

"目前还没减小啊。和岛内园香一同消失,谁都不联系。要是说她和案件无关,那才不正常。"

"我也这么认为。"

"那就好。"

"但你是不是忘了很重要的一点?如果她们是凶手,那么逃跑或躲藏就毫无意义。钱总有花完的一天,难道她准备不到饿死的地步就不露面吗？"

"应该不会吧。她们自有打算。"

"什么打算？"

"那我就不知道了。不过，我觉得有一种可能性：她们未必是只凭自己的想法行动的，背后也许还有指挥的人。"草薙说完，直直地盯着汤川的眼睛。

然而金边眼镜后的目光并未出现任何动摇。"噢，那可真有意思。你为什么会这么想？"

"那是机密，就算是你，我也不能说。"

"是吗？那就没办法了。"

汤川的视线移向草薙身后。草薙回头一看，身穿和服的根岸秀美走了过来。

"草薙先生，您还真的又来了，真是感激不尽。"秀美在两人对面坐下。

"以工作为借口，我才能来高级俱乐部。我怎么可能不好好利用这种机会呢？秀美妈妈，我给你介绍一下。这家伙是汤川，是我大学时的朋友。"

"这样啊。您好，我一直受到草薙先生的关照。"秀美向汤川递出早已握在手里的名片。

"别看这家伙这副样子，可是帝都大学的教授呢。"

"啊，能和这样了不起的人物坐在一起，真是我的荣幸。"秀美站起身来，凑近草薙，"汤川教授喜欢什么样的女性？"

"当然是美人最好，你给找个年轻漂亮的来。"

"好的。"

秀美叫住正从旁边走过的黑衣男人，耳语了几句。草薙往旁边

135

一看，汤川正侧过脸，大概是想装作什么都没听见。

不一会儿，一名穿着奶油色礼服、身材高挑的女子走了过来，打过招呼后便在汤川身旁坐下。女子非常漂亮，汤川应该也不会讨厌。

"也给草薙先生您找一位吧？虽然刚才您说是以工作为借口来的。"

"不，我就不用了。比起这个，我有件事想跟你确认，就是岛内园香小姐的事。别嫌我没完没了，你得好好回答我。"

"没关系。怎么了？"

"上次你说最近完全没有和她联系，那是真的吗？你再想想，打电话啊，去花店找她啊，都没有过吗？"

秀美沉思般歪头想了片刻，然后点了点头。"啊，我糊涂了。上个月还是上上个月来着，我去了上野的花店，想问问园香的情况。但花店的人说她感冒休息了，结果没能见到。"

"你上次不是说，已经被对方拒绝，还要不停追在后面，这种难堪的事你从没做过吗？"

"那是当然。我只是一时冲动。"

"可是店里的人说你问这问那的，园香什么时候上班啊，工作忙不忙啊之类的。"

"不过是随便聊聊，没有什么特别的意思。我上次要是和您讲清楚就好了，不知怎么就忘得一干二净。您是为了确认这件事才特意过来的吗？对我们来说当然欢迎，不过您是白跑一趟了。"

"不会。我都说了，工作只是个借口。"

"那就好。"

"还有件事想问你，就是你认识岛内园香小姐时的事。你的朋"

友要开香颂的个人演唱会,所以你请园香小姐帮忙选花,是吧?"

"是的,是有这么回事。怎么了?"

"演出场馆叫什么?"

"演出场馆吗?那个……"根岸秀美的视线飘向斜上方,"对不起,我记不清了。"

"地点呢?是在银座吗?"

"应该不是银座。哎呀,在哪儿来着……"

"什么啊,明明去过却不记得在哪儿了吗?"草薙露出苦笑。

"我真是越来越糊涂了。不过,不是那样的,实际上我没去那场演唱会。"

"没去?什么意思?"

"我收到了邀请,但没有时间,于是就只送了花。"

"这样啊。那你能告诉我那个人的名字吗?"

"名字吗?应该是……内田女士,不,是内山女士……啊,应该是姓内田。名字是什么来着……虽说是朋友,但其实我们交往不多,只是参加议员派对时偶然坐在一桌。"

"没有名片吗?"

"现在手里没有,回家找找或许能找到。"

"那你能帮忙找找吗?找到了就联系我。"草薙递出写有手机号码的名片。

"好的。"根岸秀美把名片放入包中,"不过究竟是怎么回事?那场演唱会有什么问题吗?"

"不是的。简单来说,警察也是公职人员,无论多么细微的信息,都要详细记录下来才行。"

"是这样啊。您工作真是辛苦了。"根岸秀美两手放在膝上,低头致意。

"你们聊完了吗？"汤川从旁插话。

"差不多了。"

"那能让我向妈妈桑提几个问题吗？"

"当然可以。"秀美应道，"什么问题？"

"是关于店名的。'VOWM'是什么意思？我查了辞典但没查到，应该不是英语吧？"

"啊……"根岸秀美笑着点点头，从包中拿出圆珠笔和自己的名片，"经常有客人问这个问题。开这家店时，我就发誓一定要获得成功。'发誓'这个词用英文写，是这样的。"

她在名片的空白处写下了"make a vow"。

"在'vow'后面加上'make'的'm'，就是'VOWM'。"

汤川伸长了脖子，俯视着名片，连连点头。"原来是这么回事啊。还是有点儿意外。"

"为什么呢？"

"我总觉得是来源于日语，试着猜了很多汉字。"

"这样啊，但这不是日语，抱歉辜负了您的期待。"

"你为什么认为是日语？"草薙问道。

"直觉罢了，没有特别的理由，不用在意。"

汤川轻轻摆了摆手，端起大玻璃杯。看到朋友喝下一口兑了苏打水的威士忌，草薙陷入思索。这位物理学家不可能做出毫无意义的发言。

"那么，如果工作已经完成，就叫女孩来吧。今晚请好好放松放松。"

"嗯，就这么办吧。"

草薙话音刚落，一只手放在了他的肩上。是汤川。

"虽然机会难得，我还是先告辞了。聊得很愉快，非常感谢。"

"你说什么呢？愉快的事接下来才开始，不用顾虑我。不是我吹牛，喝乌龙茶我也能让场面热闹起来的。"

"我已经足够愉快了，而且也不是顾虑你。我想起还有重要的事要做——秀美妈妈，期待我们不久后还能再见面。"汤川说着从上衣内侧的口袋拿出名片。

根岸秀美双手接过名片。"真是遗憾。请一定再次光临。"

"你要是回去，我也不能一个人留在这里了。"草薙喝光了大玻璃杯里的乌龙茶，"秀美妈妈，像平时那样结账就行。"

"哎呀，连草薙先生都这样。今晚也要早早回去吗？"

"下次一定会好好享受你的招待的。"看到汤川起身，草薙也站了起来。

与上次一样，根岸秀美将两人送到一楼。草薙一边走出建筑，一边瞥向路对面。身穿西服站在小巷里的男人是搜查员，任务自然是监视根岸秀美。

拐过街角后，草薙停下脚步。"汤川，陪我一个小时就行。反正你说你有重要的事，是在说谎吧？"

汤川神情微妙，凝视着草薙。"不是说谎。我现在要返回横须贺，我有帮忙照顾母亲的重要使命在身。"

草薙吐了口气。"啊，对……那三十分钟就好，有家很棒的咖啡厅，我请客。"

"大可不必，各付各的就好。"

"你不想欠人情吗？算了，随你的便。"

咖啡厅就在外堀街边，以怀旧氛围闻名，最出名的要数冰咖啡。

"确实好喝。"汤川没用吸管，直接喝了一口黑咖啡，"能把冰咖啡做得如此香浓，真不错。"

"是吧？我就猜你肯定会喜欢。"

汤川放下铜制马克杯，挺直后背。"你有什么事？话说在前面，三十分钟后，就算你没说完，我也会马上离开。"

"我知道了。那么我就直说了：你是从什么时候牵扯进去的？从一开始吗？不，应该不会。"

汤川右眉上挑。"什么意思？"

"别装傻了。只有三十分钟，我可不想和你无聊地斗智斗勇。是你联系了松永奈江，让她们离开了汤泽的度假公寓吧？"

汤川用指尖推了推眼镜。"你为什么这么想？"

"很简单。今天下午，当搜查员到达度假公寓时，已经人去楼空了。监控录像拍到了松永奈江和岛内园香昨天傍晚离开公寓的样子。昨天白天，我们了解到松永夫妇经常借用滑雪社朋友名下的度假公寓，是内海打电话通知我的。几个小时后，松永奈江她们就开始行动了。这未免也太巧了，你不觉得是有人向她们告密了吗？"

"那为什么认为是我？"

"只可能是你。你和内海一起打听了度假公寓的情况，而且是极少数能联系到松永奈江的人之一。"

汤川端起马克杯，喝了一口冰咖啡。在草薙看来，沉默意味着肯定。

"离开横须贺你父母家时，你突然表示要配合，我就感到有些不对劲。即使你和松永奈江有过往来，也只不过是发了几通邮件，交情应该不深。然而你却去了岛内园香的母亲工作过的儿童福利院，还去了松永奈江以前居住的地方。你的目的是什么？又对我隐瞒了什么？"

汤川把马克杯放到桌上，直视着草薙。"我认为我没有背叛你，也没有妨碍调查。"

"别开玩笑了！"草薙猛一拍桌子。

客人们的视线瞬间一齐投向这里。草薙清了清嗓子，压低声音："都让岛内园香她们逃走了，亏你还说得出来。"

"园香小姐不是凶手，她有不在场证明。松永女士当然也不是凶手。追踪她们毫无意义。"

"那她们为什么要逃？"

"她们不想被警察抓到。"

"啊？你知道你自己在说什么吗？"

"那换我提问。你觉得凶手是园香小姐或松永女士吗？不是吧？你怀疑的是VOWM的秀美妈妈。怎么样，我猜得没错吧？"

草薙皱起眉头，挠了挠眉角。"她算是嫌疑很大吧。"

"为什么怀疑她？"

"她说了很多谎。她和岛内园香的关系并不像她说的那么单纯。按她的说法，岛内园香曾经帮她选花，送给举办香颂演唱会的朋友。但根据内海的调查，过去一年间，那家花店从没有给香颂的演出场馆送过花。"

"她刚才说她没去演唱会现场，花也不是她自己送去的。"

看来汤川一直在听草薙他们的对话。

"没错，而且她在其他事情上也有隐瞒，例如她去过岛内园香的公寓，向邻居打听岛内园香的日常。她很可能就是在那时得知了上辻有家暴行为。不过，我们还没发现能判定她是凶手的决定性因素。"

"动机吗？"

"嗯，没错。就像你对内海说的，还有其他方法能够帮岛内园香摆脱家庭暴力。好，我已经回答了你的问题，现在该轮到你回答我了。你到底有什么企图？"

汤川垂下目光，随后再次看向草薙。"我一定会回答你这个问题，只是希望你能再给我些时间。"

"都这种时候了，怎么可能呢？你还记得磁轨炮的案子吧？那次我可是能以妨碍公务之名逮捕你的。"

汤川的嘴角松弛下来。"这次要这么办吗？"

"我是认真的。"

"我也是。"汤川忽然把双手放到桌上，"我不会让你等太久的。再给我些时间，我说到做到。"他说着低下头。

草薙一时不知所措，脑中一片混乱。他第一次看见这位朋友表现出这种态度。

"汤川，你……"

他想问"你隐瞒了什么"，但话到嘴边又咽了回去。汤川不可能回答。于是他转变了话锋："抬起头来。刚才你没说谎吧？你说你没有妨碍调查。"

"我们现在就约好，怎么样？还有，我没有背叛你。"

"我明白了。"草薙点点头，"我也会相信你。"

汤川露出笑容，看了看表。"看来不需要三十分钟啊。"他从怀里掏出钱包，拿出一千日元纸币放到桌上，"今晚很愉快。"他说着站起身来。

目送汤川离开咖啡厅，草薙拿出手机，拨出了号码。那是正在附近待命的部下。电话立刻接通了,传出对方的应答声。

"你在哪里?"

"在组长你们去的咖啡厅对面。"

"汤川应该出来了。"

"我看见了,他正往前走。"

"跟上他,别跟丢了。"

"明白。"

挂断电话后,草薙拿起马克杯。即便相信朋友,他也必须完成身为警察的职责。

15

目送最后一位客人乘上电梯，电梯门关闭后，秀美瞟了一眼手表。快到午夜一点了，闭店时间虽然是零点，但拖到一点已是家常便饭。

将后面的事情交给楼层管理员后，秀美在休息室迅速收拾完毕，来到店外。搭乘电梯时，她做了好几次深呼吸。今晚将会发生什么，她完全无法预测。但她对好事毫无期待，如果会发生什么，也只可能是坏事，或是被告知发生了坏事。无论如何，但愿能有办法应对。

来到楼外，秀美迈开步子。已经是夜里一点多了，就算不去专门的出租车停靠处，也能打到空车。但目的地实在太近，没必要去打车。

离开中央大街，就看到了那家店。还没出来的时候，秀美已经用手机查看了店铺位置，所以找起来并不费劲。店铺位于一栋小楼的地下一层。

走下狭窄的楼梯，打开店门。店内微暗，吧台后面站着一名调酒师。"欢迎光临。"他低声招呼。

秀美环视店内，相约碰面的人就在角落的小桌旁。

不，"相约碰面"这个说法或许并不准确。

秀美走上前，对方将目光从手机屏幕前抬起。

"让您久等了。"秀美说道。

"我还以为您不会来了。"

露出微笑的，是几个小时前草薙介绍的大学教授汤川。

"那怎么可能？毕竟您给了我如此充满深意的名片。"秀美在对面坐下，把从提包里拿出的名片放在桌上。那是汤川的名片，空白处写了这样的内容：

闭店后，我在十字弓酒吧（银座二丁目）等您。

服务生走了过来，询问秀美要喝什么。

秀美看向汤川。他面前细长的大玻璃杯里盛着淡琥珀色的液体，细密的气泡在其中跃动。

"您喝的是什么？"

"这个吗？兑了苏打水的阿贝威士忌。"

"那我也喝一样的。"

"好的。"服务生说完就离开了。

秀美再次拿过那张名片。"您是什么时候准备好的？不是在店里的时候吧？我觉得您应该没有时间写这些。"

"您很敏锐。我是事先写好的，根据您的回答，我也有可能不会拿出来。"

"回答？您是指什么？"

"当然是店名的由来。如果您的话更有说服力,我今晚或许就会放过您。"

"没有说服力吗?"

"'发誓'的英语是'make a vow',到这里都很好。但我无法接受'vow'后面加上'm'的说明,实在有些牵强。"

"您这么说,我也没办法。那就是我的灵光一现。"秀美把名片收回包内。

服务生为秀美端来了大玻璃杯。"我不客气了。"秀美说着喝了一口,烟熏般的香气从喉咙直冲鼻腔。

"千叶有一所叫朝影园的儿童福利院,您知道吧?"

"朝影园……"秀美声音涩滞,露出疑惑的样子,"这个嘛,我还是第一次听说。"

"那所福利院半年前发生了怪事。有个自称受警方委托的人找到那里,询问福利院官网使用的人像是否得到了本人许可。福利院的工作人员回答是的,那人便指定了其中一张照片,表示要向照片中的人确认,要求立刻和此人取得联系。工作人员按照要求联系到了照片中的人,并将电话交给了那名调查员。事情就是这样,但奇怪的是,警方并没有做过这种调查。也就是说,那名调查员是个冒牌货。到底是怎么回事?"

"这个嘛,您问我我也……"秀美轻轻耸了耸肩。她曾经充满自信,认为不会表露出内心的动摇,但眼下却无法平静。"我完全不明白,您到底想说什么啊?"

"那么,听到接下来这件事,我想您应该会有点儿兴趣。调查员指定的那张照片上的人,就是岛内园香小姐。是她上小学时拍的。"

"园香？"秀美皱起眉头，露出疑惑的样子，"怎么回事？"

汤川拿起桌上的手机，一通操作后，将屏幕转向秀美。"就是这张照片。"

秀美凑近屏幕。那是她不知看了多少遍的照片，但她仍然做出惊讶的表情，像是第一次看到。

"真的是园香啊。哎，果然从小就很可爱呢。"

"当时，园香小姐的母亲在那所福利院工作，于是她也参加了那里举办的圣诞节活动。这张照片就是那时拍的。"汤川把手机放回原位，"那么，那个人冒充受警方委托的调查员，目的又是什么？整理一下事情经过，可以发现那人切实获得了两项信息：一是照片中的少女叫岛内园香，二是她的联系方式。也就是说，那人从一开始就是为了调查那张圣诞节活动照片上的少女。这么一想，就能解释得通了。就了解到的情况来看，那人的手法极为巧妙，毕竟福利院的工作人员至今都没有怀疑。可以说，那人既有堪比演员的演技，又有足够的胆量。普通人能做到这些吗？怎么想都不是外行可以轻易办到的。我的推理如下：那人是专业人士，工作就是应委托人的要求，调查特定人物的身份。也就是所谓的私人侦探。"

"侦探？哎呀，话题突然变得有趣起来了呢，简直就像电视剧一样。"秀美摆出笑容，努力睁大双眼，"大学教授果然很擅长讲故事。"

"如果那人是侦探，那么问题就在于谁是委托人。"汤川对秀美的打岔无动于衷，只是淡淡地继续说道，"儿童福利院的官网上有张圣诞节活动的照片，照片上是个十岁左右的可爱少女。某人在网站上发现了这张照片，并想要了解少女的身份。那么，所谓的某人又是谁呢？"

"听起来不像是正常人啊。"秀美说道,"会做这种事的人,肯定是精神变态。对幼女感兴趣的男人迷上了偶然在网上看到的女孩,想方设法去查对方的身份……如今这个世道,这种事不是不可能。"

"您说得很有道理。不过这次并非如此。仔细看照片就会发现,圣诞树上装饰着表示年份的数字。只要看到那些数字,就能明白活动是在十多年前举办的。对幼女感兴趣的男人迷恋的是照片中的少女,而少女如今早已长大成人。那名侦探的委托人明知照片拍摄的年代,却仍然想要获知少女的身份,这实在不像是精神变态者。那么,委托人调查的目的到底是什么?"

"这个嘛,我一点儿也不明白。汤川教授,您为什么要跟我说这些?说实话,我有些——不,我非常困惑。"

汤川再次操作手机,将屏幕转向秀美。园香的身影,不,是她胸前抱着的玩偶被放大了。秀美感到自己的心跳骤然加速。

"对于那个人来说,拍照时间是十年前也好,二十年前也好,都不重要。人会随着岁月流逝发生变化,玩偶却不会。那个人关注的不是少女,而是少女怀中的玩偶。"

"这个玩偶怎么了?"秀美脸颊僵硬,声音也不受控制地颤抖起来。

"我去朝影园询问过,得知这是园香小姐非常珍视的玩偶,每次去玩时总会带在身边。不过这玩偶原本不是园香小姐的,而是她母亲传给她的。这位母亲名叫千鹤子,在朝影园长大,从小没有亲人。照片中园香小姐抱在怀里的,就是千鹤子女士一直珍藏的手工玩偶。那么,委托侦探前去调查的人为什么会关注这个玩偶?我是这样推理的:这个玩偶,正是委托人自己做的——"

秀美没有回答，盯着空中。

有那么一瞬间，她感觉耳边所有声音都消失了，世界仿佛静止了一般。如果真是如此，那该有多好。万事万物就这样一动不动，永远保持现状。

但是冷静看透一切的学者并不允许。

"侦探访问朝影园后不久，园香小姐的生活就发生了变化，一名女子开始接近她。这名女子跟警部草薙说，她想雇用园香小姐到她的俱乐部工作。但事实真是这样吗？我认为理由完全不同。"

"您认为是什么理由？"秀美问道。事到如今，最优选项应该是确认眼前这个人究竟看穿到了什么程度。

"因为她想知道，园香小姐是从谁手里得到玩偶的，而原本的主人又身在何处、过着怎样的生活。根岸女士——"汤川语气温和地唤道，随后指向手机屏幕，"请如实回答，这个玩偶是您做的吧？"

秀美望着汤川端正的脸庞。不可思议的是，此时的她正逐渐冷静下来。"您为什么会这么想？"

"因为名字。"

"名字？"

"这个玩偶是有名字的。我从朝影园的人那里听说了，园香小姐曾说，这个玩偶有个秘密的名字。脱掉玩偶的衣服就会发现，名字就写在玩偶背上，是这两个字。"

汤川从怀里拿出便笺纸，放到秀美面前。

纸上写着"望梦"两个字。

"玩偶性别不明。如果是男孩，应该读成'nozomu'，是女孩就读成'nozomi'。在我看来，这应该是为即将出生的孩子取的名字。后来，孩子出生了，是个女孩，但并没有用这个名字。很久之后，当一家俱乐部在银座开业时，这个名字才派上了用场。但这时它既不读作'nozomu'，也不读作'nozomi'，而是用了音读，也就是'VOWM'。①"

"哈哈哈。"秀美笑了。她觉得实在奇怪。这当然不是因为汤川的推理有什么滑稽之处，而是因为一旦遇到聪明之人，隐瞒几十年之久的秘密竟然就会如此轻易地被看破，这让她小心翼翼守护秘密的姿态显得极其可笑。

话虽如此，秀美不可能就这样直接承认。

"真是出色的想象力，太精彩了。"她拍起了手，"但是，您有什么证据吗？"

"要说证据，还是DNA鉴定最快吧。给制作玩偶的人和拥有玩偶的人做亲子鉴定，看两人有没有血缘关系就好了。外祖母和外孙女——直系血亲应该可以进行准确的鉴定。"

秀美深深吸了一口气。"您为什么想要弄清这点？对教授您来说有什么好处吗？"

"我自己也有很多事情要做，所以希望草薙他们负责的案件能尽早解决，而且最好是以平稳的方式，比如凶手自报姓名。"

秀美目不转睛地盯着汤川。"您想说我是凶手？"

"我没有证据，警方应该也还没有把握决定性的因素。但是草薙正在怀疑您，明天起可能还会采取更加强硬的手法，比如以其他理由逮捕您，然后搜查您家。那样一来，可能就会要求您出示手机定位系统的定位记录。"

---

① 日语中的汉字通常有"训读"和"音读"两种读法。"望梦"的音读为"bomu"，与"vowm"谐音。

秀美的大脑不停运转：家中接受搜查应该没有大碍。手机是三天前新换的，但定位记录应该还能从电信公司查到。她记得曾听人说过，机型不同，可查询的范围也不同。

"而且，我也被警方盯上了。"

"您？"

汤川喝了口酒，一边将大玻璃杯放回桌上，一边凑近秀美。"吧台最边上的座位坐着一名男客，是在我进店几分钟后来的，恐怕是个刑警，一路都在跟踪我。顺便说一句，您的行动也在警方的监视之中，店外应该还有刑警。"

秀美也拿过玻璃杯，紧张的情绪使她口干舌燥。"先别说我，警察为什么会盯上教授您？"

汤川扶正眼镜，微微一笑。"他们认为我手里握着解决案件的王牌。"

"什么王牌？"

"和岛内园香小姐取得联系的方法。"

极度的震惊让秀美差点儿碰倒了玻璃杯。"为什么您能联系到园香？"

汤川摇了摇头。"我和园香小姐没有任何关系，也从未见过面。我能联系到的，是和她共同行动的女士。"

果然有那样一个人啊，秀美心想。她也认为园香并非独自逃亡，不过——

"那是什么人？"

"您不知道吗？"

"不知道。"

"那就是和您无关的人，我没必要介绍了。不过有件事我可以告诉您：那个人是值得信赖的。重要的是这张王牌不可能永远对草薙隐瞒，早晚要亮出来。但我希望案件能在那之前就解决，而且是以尽量平稳的方式。"

这是汤川第二次说出"平稳的方式"了，他大概很想强调这一点。

"园香小姐的想法应该也是一样的。"汤川继续说道，"她隐藏行踪，恐怕是因为不想被警方追上。我认为她不想说出真相，而是期待凶手能够自首。"

秀美叹了口气，绝望在心中急速膨胀。她回想起从一开始就做好的心理准备：这件事是绝对无法蒙混过关的。

"在强制搜查开始后，或在取证调查期间招供，都不算是自首。但如果您在警方发起行动之前招供，被视为自首的可能性应该很高。若真是您做的，那么越早坦白越好，我想说的就是这点。"

秀美的表情缓和下来，望着眼前的学者。"谢谢您亲切的建议。"

"您要是能下定决心，那就太好了。"

秀美恢复了认真的表情。"请让我再考虑一下。另外，我还有一个请求。"

"什么事？"

"我想和园香说说话，如果您真的能联系到她。"

汤川露出严肃的目光，不一会儿便缓缓点了点头。"我试着联系同行者，拜托她让园香小姐给您打电话吧。但我不能保证园香小姐是否会这样做。"

"没关系。刚才给您的名片上就有我的电话号码。"

汤川从内侧口袋里拿出名片。

"我刚才说'VOWM'的由来有些牵强,但也觉得您的想法很不错,就是'make a vow'。"

"当然不算太牵强,毕竟开业时我确实发过誓,绝对要获得成功。"

"是啊,没有那样的决心,是无法在那个世界生存下来的。"

"您说得没错。"

汤川喝完酒,收起名片,随即拿出钱包。

"请允许我请客。"秀美说道,"我还想再喝一会儿,毕竟不知道什么时候能再来这种地方了,您说是吧?"

汤川停下手,思索般垂下了目光,随后点点头。"我知道了,那就恭敬不如从命了。"

"今晚……该怎么说呢,非常有意义。祝您晚安。"

"晚安。"汤川站起身。

秀美用余光目送汤川离开。不一会儿,坐在吧台处的男人也站起身来。他似乎已经结完账,快步走出了门。看来他确实是在跟踪汤川。

秀美端起大玻璃杯,目光停留在杯垫上。杯垫上画着弓箭一样的图案,准确地说应该是十字弓。这是这家店的店名,或许是店主的兴趣所在。

第一次见到纸质杯垫是在弘司工作的酒吧,不过她从来没有用过。他们总是在白天见面,那时酒吧尚未营业。

弘司——矢野弘司。身材高大,手脚修长。

秀美曾把婴儿遗弃在朝影园门前。婴儿的名字本应写作"望梦",读作"nozomi"。而弘司就是那个孩子的父亲。

16

尽管做出了抛弃女儿的巨大牺牲,秀美仍然没有看到生活的亮光。回到东京后,她并没有抓住通向未来的希望。突如其来的贫困让她无法支付公寓租金,陷入被管理员扫地出门的窘境。看不到婴儿的身影让管理员心生狐疑,但他什么都没问,恐怕是不想被卷入麻烦之中。

就在此时,弘司工作过的酒吧的妈妈桑找到了秀美。秀美和妈妈桑见过几次面,但并没有好好聊过,只是在弘司徒有形式的葬礼上简单交谈过几句。

"我很在意孩子的事。"妈妈桑说,"你之前肚子很大吧?我一直惦记着后来怎么样了。已经生了吧?"

秀美撒了个谎,说生的是女孩,但无法独自养育,因此送回了老家。

"哦,这样啊。"妈妈桑说道,但不知她是不是真的相信,"你有工作吗?"

"没有……"

"是嘛。"她用估价般的眼神盯着秀美看了一阵，随后从包中拿出一张名片，"你想不想来这里工作试试？"

秀美拿过名片。那是一家位于新宿的店，好像是俱乐部。

"这是我朋友的店，正想招人。你觉得怎么样？"

未曾料想的话题让秀美为难起来，她从未考虑过从事这类工作。或许是因为身处其中，弘司从不让她接近这个世界，也让她绝对不要在营业时间来酒吧，因为可能会被喝醉的客人强行灌酒。

但是，那样的弘司已经不在了。她已经无从奢望什么了。

秀美没有太多犹豫，很快就做出了回答："我试试看。"

三天后，秀美开始到店里上班。夜晚的世界比想象中更加华丽妖艳，热浪升腾；与此同时，这个世界的另一面充斥着残酷与冷漠，生存竞争极其激烈。客人与女招待们相互品评，不断通过巧妙的手段争夺猎物。最初一个星期，秀美被两个前辈各打了一记耳光。她完全不知道哪里做错了，却还是一个劲儿道歉。在那期间，她的身体不知被客人摸了多少次，在电梯中被强吻也成了家常便饭。

虽然辛苦，但不能逃走。为了活下去，只有忍耐。

不久，秀美慢慢掌握了在这炼狱中保护自己、平安生存的智慧。她学会了喝酒的方法，习惯了应对男人，对于为工作而以身相许也不再抵触。好几位妈妈桑都评价她很适合做女招待。

时光转瞬即逝。二十七岁时，秀美有了第一个后台，是一名年过六旬的住持。住持为人狡猾，又有温柔的一面，在一起时愉快而刺激。而且他慷慨大方，每月都给秀美好几十万日元的零花钱，让她住在高级公寓里，还带她一起到国外旅行。

住持曾对秀美说，如果怀了孩子就生下来，但秀美没能怀孕。

住持和妻子之间也没有孩子,大概是他自身存在问题。

每到此时,秀美都会忆起自己的孩子。不,应该说孩子一直都存在于她心中的一角。那孩子如今在做什么呢?是否已经健康长大、获得幸福了呢?她不止一次想去那所福利院看看,但从未付诸行动。事到如今,她拿什么脸面去见孩子?她没有那种资格。

与住持的关系持续了很久,直到住持七十二岁时因脑梗去世。自称是代理人的男子前来拜访秀美,要求她在一个月内收拾行李,搬出公寓。离开时,男子留下了装有一千万日元的信封。那是泡沫经济的鼎盛时期,秀美并未感到惊异。

在住持去世前不久,秀美接受他的援助,在银座开了一家小俱乐部。店里只有五六个女招待,但经营状况十分稳定。住持曾问起"VOWM"这一店名的由来,秀美回答说是"make a vow",住持听后也表示赞成。从那以后,再也没有人对此产生过怀疑。

后来,秀美又与多名男性交往过。他们都有家室,没人提出过要和她结婚。最后交往的男人与黑社会有关联,秀美没问过他从事什么工作,但有一次他说漏了嘴,提到正在交易外国宠物,大概是和走私有关。

持有私造枪的就是那个男人。他说那把枪是用来防身的。枪的外形和普通手枪很不同,每打一发都需要再次装弹。

男人曾让秀美陪他试射。在奥多摩的山中,秀美也朝树木开了一枪,巨大的后坐力将她向后弹了出去,男人笑个不停。

男人把私造枪小心翼翼地保存在秀美家中,用油纸包好。他还教秀美如何拆解与保养。

"你要好好保管,保证我随时能用。"

话虽这么说,但就秀美所知,男人一次都没用过。

后来，这个男人也不在了。不知从何时开始，秀美就失去了他的音讯。枪和子弹仍然保管在秘密地点。

几十年就这样一晃而过。

刚过六十岁不久，秀美查出了乳腺癌。想到不会再有男性愿意看她、抚摩她，她便选择了切除手术。但是看到丑陋的伤疤，她仍然感到心痛。无论过了多少个月、多少年，她都没能习惯裸体站在镜前。

癌症复发的可能性也让秀美心生郁结。每次接受检查，她都会事先预想不好的结果，进而变得郁郁寡欢。

六十五岁以后，秀美将俱乐部交给信赖的店员打理，很少在客人面前露面。在那名住持以及诸多男性的支援下，她的店面扩大了不少，副业也做得风生水起，收入不菲，可以随时退休了。虽然每天都会感到死亡在临近，但是应该没有什么遗憾了——她总是这样说服自己。

然而每次这样想，必然会有什么牵扯着她的心——她在四十多年前丢下的女婴。

习惯上网后，秀美时常浏览一个网站。那是她遗弃女儿的朝影园的官网。网站更新并不频繁，但是每次举办完活动后，都会上传照片。看到照片上孩子们明快的笑脸，秀美总会浮想联翩：我的孩子是怎么长大的？现在长成了什么样的大人？当然，每次愉快的想象都伴随着自责。

一次，一张照片抓住了秀美的视线。照片上的少女看起来是小学高年级的学生。她怀中抱着的东西，让秀美倒吸了一口凉气。

是那个玩偶，穿着蓝粉色格子毛衣的长发玩偶——肯定没错。毕竟那是她亲手制作的，她不可能忘记。

照片是在圣诞节派对上拍摄的,看日期是十多年前。也就是说,照片上的少女现在已经二十岁有余。

秀美心中仿佛掀起了惊涛骇浪。这个少女是谁?为什么拿着这个玩偶?但秀美并不认为福利院会接受她的询问,只会把她当成可疑人物。

秀美坐立难安,一番苦恼后,她决定委托专家。她拜访了调查公司,试着与对方商量。

"只要查出这个女孩的身份就可以吧?除了她的姓名和现在的住址,您还想知道什么?"一名男性负责人用电脑浏览着朝影园的官网,问道。

"如果可以,我还想知道她现在生活得怎么样……另外,要是能详细了解她的生活经历和家庭情况,那就更好了。"

"这张照片似乎是很久以前拍的了,但您说最近才上传到网上,这一点没错吧?"

"应该没错,至少上个月还没有。"

"我明白了。有个办法或许可以试试。"

"什么办法?"

"这样的官方网站刊登人像,必须要获得被拍摄者的许可。因为您说是最近上传的,那么获得许可大概也是最近的事,应该还保留着记录。让他们出示那些记录就好。"

"他们会出示吗?"

"一般来说不可能,但设法让事情变成可能正是我们的工作。您不用担心,我们这里汇集了各式各样的人才。"负责人自信满满。

两个星期后,结果出来了。交付秀美的报告书上写着"调查对象姓名:岛内园香",住址是足立区。女孩现在二十三岁,在花店工作，到五年前为止都住在千叶。那张照片是她参加圣诞节活动时偶然拍下的。

女孩的母亲已于一年前病逝，病因不明，但值得注意的是这名母亲的履历。她出身于朝影园，没有结婚记录，应该是单身母亲。她名叫岛内千鹤子，如果还活着，应该是四十八岁。

秀美无法控制身体的颤抖。从舍弃女儿那天算起，信息完全一致。

如今，园香和名叫上辻亮太的男子同住在足立区的一处公寓，没有查到这名男子的信息。

从这天开始，秀美的脑海中只有一件事：岛内千鹤子是否正是那个婴儿，也就是她的女儿？如果是，那么岛内园香就是她的外孙女。

调查员拍到了在花店工作的园香的身影。看到那张照片，秀美总觉得园香既像自己，又与弘司有几分相似。

秀美一天比一天想见园香，想见到她后确认她的身份。秀美不知道癌症什么时候会复发，一旦复发，恐怕就时日无多了。如果维持现状，她将会死不瞑目。

如果岛内千鹤子真的是她的女儿，事到如今她才挑明身份，园香会怎么想？她抛弃了孩子，园香很可能从千鹤子那里听过对她的憎恨之词。

尽管如此，秀美终于还是做出了决定。她横下一条心，如果遭到痛斥，就只能道歉。

地址所示的地方建有一栋旧公寓，从街上就能看到并排而列的房门。园香住在二〇一室，应该是二层最靠里的那一户。秀美捂住胸口，调整呼吸，走向外侧楼梯。就在这时，二层的一扇门开了，正是最靠里的那一户。一名年轻女子走了出来，向屋内说了句什么，便关上门迈开步子。秀美停下脚步，扭过脸去。

女子下了楼梯，从秀美身旁走过。秀美瞥了一眼那张侧脸，无疑正是从调查员那里拿到的照片上的女子，也就是岛内园香。

想要追上去的冲动在秀美内心奔涌，但她迈不开脚步，因为她不知该如何开口。犹豫之间，园香的背影已经看不见了。

秀美不禁感到懊恼。自己究竟在干什么？下定决心来到这里，却没有做好任何心理准备。这种可悲的处境让她几欲落泪。

此时，楼上再次传来声响。秀美惊讶地抬头一看，一名男子正从园香家走出来，应该是同居的上辻亮太。他锁上门，沿楼梯走了下来。

秀美慌忙调整呼吸，感觉神明给了她第二次机会。

她笔直地盯着下楼梯的男子。对方也注意到了她，面露惊讶。

"那个……"秀美招呼道。男子停下脚步。

"您和岛内园香小姐住在一起吧？是上辻先生？"

男子露出警惕的目光。"是的。你是哪位？"

"突然打扰，实在抱歉。我姓根岸，是从事这一行的。"秀美从包中拿出名片，递给上辻。

上辻的表情更加阴暗了。"俱乐部？什么意思？你要挖园香过去？"

"不是的，与我的工作完全无关。我是出于个人原因，想打听园香小姐的情况，特别是关于她的母亲……"

"园香的母亲吗？已经过世了。"

"这我知道，所以想打听她还在世时的各种情况。"

上辻依旧保持着怀疑的表情。"你和她母亲有什么关系吗？"

"这解释起来很复杂……不好意思,接下来能稍微占用一下您的时间吗?"

"现在吗?"上辻意外地提高了音调,"但是我不怎么了解园香的母亲,也没见过她。"

"那就讲讲园香小姐的事也行。我有很多问题想问,您能告诉我吗?当然,我会给您谢礼的。拜托了。"秀美反复低头致谢。

虽然始终面带难色,上辻还是流露出了动摇的神情,或许是秀美的话激起了他的好奇。他看了看手表,说:"那,就聊一小会儿。"

两人走进附近的咖啡厅,相向而坐。

"我想请您看一下这个。"秀美说着拿出一张照片,是园香在圣诞节活动的留影,"这个女孩是园香小姐吧?"

"看起来是。唔,她小时候是这样的啊……"

"您对她手里的玩偶有印象吗?"

上辻看了一眼照片,立刻点点头。"我知道,就摆在房间里。玩偶特别旧,我问过园香要不要扔掉,但她说那是母亲的遗物,不能扔。"

"遗物——"

秀美情不自禁喊出了声,立刻被客人们的视线包围。

"对不起。"秀美向上辻道歉,"是真的吗?"

"我也不知道,但园香是那么说的。"

巨大的情绪波澜让秀美一阵眩晕。果然如此,园香的母亲就是她那时遗弃的女儿。回过神来,眼泪已经夺眶而出。

上辻显得十分尴尬。"怎么了?这可有点儿……不好办啊。"

秀美慌忙用手帕擦了擦眼角。"对不起。"她致歉道,"我这样的老太婆突然哭出来,让您为难了。"

"到底是怎么回事？"

事已至此，只能和盘托出。而且，如果想向前再进一步，上辻的协助是不可或缺的。

"其实……"秀美开始讲述。她毫无隐瞒地交代了自己在四十多年前做过的一切。

最初上辻还半信半疑。听到秀美说她请调查公司的人去调查了园香的身份，上辻脸上有了认真的神色。无论怎么看，面前的老妇人都不像是在胡言乱语。当秀美表示不知癌症何时会复发，想趁活着的时候打听到孩子的消息时，上辻再三点头回应。

"我怎么也没想到她在一年前去世了。不过，既然她生了孩子，那么我无论如何都要见到那孩子，所以就这样找来了。对不起，我自己也知道如今再说这种话实在任性。"

上辻长长地吐了口气。"真让人吃惊。"他说道，"刚才我也说了，我对园香的母亲几乎一无所知，但我知道她曾经无依无靠。原来是这样，是被抛弃了啊。"

"我知道自己做了蠢事，但那时实在没有别的办法……"看到上辻困惑的表情，秀美皱起眉头，"对不起，就算找这种借口，也没有任何意义。"

"那我该怎么做？"

秀美重新坐好，微微俯下身，抬眼看向上辻。"我有个不知羞耻的请求……请把我的事告诉园香小姐，就说您见到了抛弃她母亲的外婆。"

上辻抱起双臂。"唔——"他沉吟道，"那倒是没问题。可她肯定会吓一跳，也许不会相信的。"

"也许吧……"

"那么，之后你打算怎么办？"

"希望您能告诉我园香小姐听到此事后的反应。如果她非常生气，您也不用隐瞒，直接告诉我就好。"

"我知道了，我会试着跟她说的，但她可能不会想和你见面。"

"那样的话……那就……"秀美勉强挤出笑容，"那也没办法。做了坏事的是我，被厌弃也是当然的。到那时我就会放弃。"

"好的。"上辻闷闷不乐地回答了一声，大概很不喜欢将要承担的任务。

秀美询问上辻的联系方式，上辻说出了手机号码。

"今天您休息吗？"秀美问道。

"不，我在家里工作，只是想换换心情才出来的。"

"哎，您从事什么工作？"

"影视相关的工作，我是独立制作人。"

"啊，原来是这样，所以才在家里工作。"

秀美觉得这项工作和那栋古老的木结构公寓并不相称，但她没有继续追问。毕竟上辻是她重要的协助人。

"不好意思，百忙之中打扰您了，还拜托您这么麻烦的事。"秀美从提包里拿出钱包，递出两张一万日元的纸币，"抱歉我这么直接……但还是请用这些去好好吃一顿吧。"

"啊，不用……"

"这是我的一点儿心意，请不用客气。"

上辻露出些许犹豫后，接过钱说道："那就恭敬不如从命了。"

从那天以来，秀美开始坐立难安。听了上辻的话，园香会有什么反应？自称外祖母的老太婆突然出现，恐怕只会给她带来困扰。更何况，这个老太婆还把孩子扔在儿童福利院门前，她不想见面是理所当然的。

一周后，上辻打来了电话。

"不好意思，联系晚了。"他首先道歉，"我和园香一说，她果然很吃惊。我不知道该怎么形容，是该说她内心动摇，还是说她思绪混乱，总之就是不知道该如何是好。她花了很长时间才冷静下来，开始思考这件事。"

果然如此啊，秀美想，不可能要求园香立刻冷静。

"那园香小姐现在还好吗？"

"她已经平静了很多，说想见你一面。"

秀美的心脏突突直跳。"真的吗？"

"是的。她说既然是有血缘关系的人，还是想见个面说说话。你觉得怎么样？"

秀美毫不犹豫。"我无论如何都想见她。"她回答道。

"我明白了。那我把她带到哪里好呢？"

秀美慌忙在脑海中搜索了一番，却没有想到合适的地方。见到园香，她无法想象自己会作何反应。她必须避免在公共场所哭出来。

踌躇之际，她试着提议："能来我家吗？那样能踏踏实实地说话。"

"好的，"上辻回答道，"我也认为那样更好。"

得到对方同意，秀美松了口气。

第二天，岛内园香在上辻的陪同下来到了秀美的公寓。园香看起来表情生硬，十分紧张。秀美觉得自己的状态恐怕也相差无几。

秀美让上辻和园香并排坐在沙发上，自己则跪坐在地上。

"你们带了那个东西吗？"

秀美话音刚落,上辻便催促般看向身边。园香打开托特包,从中拿出的正是那个手工制作的玩偶。她把玩偶放到桌上。

秀美伸出手,颤抖着拿过玩偶。四十多年过去了,仅仅是这份触感,就足以让她眼角发热。

玩偶褪色得厉害,但蓝粉色格子毛衣仍是当初的样子。秀美翻起毛衣,看向玩偶的后背。用马克笔写下的"望梦"两个字清晰可见。

"没错,是我做的。谢谢你一直珍藏到现在。"秀美凝视着园香。

"妈妈她……"园香开口道,"妈妈她常说,这个玩偶是她寻找父母的唯一线索。她还说,如果在她年轻的时候,网络能像现在一样普及,她一定会把照片传到网上,去找有线索的人。"

秀美捂住嘴,却无法控制从指缝中流出的呜咽声。"对不起,对不起……"她不停道歉。

"您不用道歉。"园香说道,"妈妈没有恨您,她说您那时应该是陷入了困境。直到最后,她都很想见您。"

"直到最后……"

"是的,直到最后。"

园香告诉秀美,千鹤子的死因是蛛网膜下腔出血。听到这里,秀美不得不感慨基因的力量。弘司也是死于脑出血,或许这是遗传下来的脑部疾病。

"园香,如果你不嫌弃,今后能不能再和我见面呢?我想了解更多关于你母亲的事。"

"好的,我没问题。"

"真好啊,园香。"上辻从旁说道,"你一直独自一人,现在终

165

于找到了外婆。这么难得，你就好好撒撒娇吧。"

"是啊，怎么撒娇都好。我想把应该给女儿的那份全都给你。什么时候来玩都行，我都热烈欢迎。"

园香眨动了几下长长的睫毛，轻轻点了点头。"好的。"

从那天起，园香开始频繁地出入秀美家。她讲述的许多有关千鹤子的情况都让秀美心痛，但一些片段也成了秀美的救赎。据园香说，千鹤子并不认为在朝影园的生活是痛苦的，她还因此下定决心，早晚要在朝影园工作。在那之前，她曾换过多次工作，并与有家室的男性有过密切交往，生下了园香。

尽管情况不同，但是听闻千鹤子也是未婚生子，秀美忍不住再次感受到所谓遗传究竟为何物。

对于如今的秀美来说，与园香一起度过的时间是最宝贵的。一切都以园香为优先，为了保护她，任何牺牲也在所不惜。园香似乎也对她充满敬慕。

一次，上辻也跟随园香一同前来，提出了一件秀美未曾想过的事：为防万一，希望秀美能允许他们采集DNA样本用于鉴定。只要递送样本，就有公司能进行鉴定。

秀美没有理由拒绝。但是采集样本时，她多少有些不安。一想到如果这份血缘遭到否定，她就辗转难眠。

不过这是杞人忧天。两周后的鉴定结果证明了秀美和园香的关系。

受此鼓舞，秀美一鼓作气说出了这样的话："如果你能叫我外婆，我会很高兴的。"

园香的眼中立刻闪现出光辉。"可以吗？"她问道。

"当然，因为我就是你的外婆啊。"

"好的，那么从今以后，就请允许我这么叫您。"

"我还有一个愿望，就是希望你不要再用这么生硬的方式说话了。从今天起，就别再使用敬语了。"

园香有些不好意思。"好的，外婆。"她说。

梦幻般的幸福时光一天天持续，秀美每天都乐在其中。

然而，从某个时候开始，园香来找秀美的频率越来越低。最初是两三天一次，后来变成了一周一次、两周一次，不久后时间又再次拉长。秀美每次问起，园香都只是回答说太忙了。

到了快一个月没见到园香时，秀美终于忍不住了，但她并不想打电话催促。园香一定有她自己的原因，打电话催促或许只会给她带来困扰。于是，秀美决定去园香工作的花店看一看，哪怕去买束花也可以，那样就不算打扰她了。

然而花店里没有园香的身影。秀美向年长的女店员询问，得知园香身体不适请假了。她又详细打听了园香近期的出勤状况，听起来似乎并不太忙。

秀美突然担心起来，"身体不适"并不能说明园香的实际情况。如果只是感冒倒也还好，要是得了什么重病可就糟了。最近园香不怎么露面，很可能也是这个原因。

坐立不安的秀美拜访了园香居住的公寓。按响对讲机后，微弱的声音传了出来，门开了。

看到园香的脸，秀美一愣。园香戴着口罩。因为传染病的流行，不少人都已经习惯佩戴口罩，但秀美是第一次看到园香戴口罩。真的是感冒了吗？

"外婆……您怎么来了？"

"我去了花店呢，因为很想见你。结果店员说你休假了，我很担心。是感冒了吗？"

秀美正想问园香是否发热，却突然语塞。从口罩边缘可以看到园香嘴边有一处瘀青。仔细一看，右脸也已经肿胀。

"园香，这是怎么弄的？都青了。"

园香用手遮住那里。"没什么，不要紧。"

"怎么可能？让我看看，把口罩摘下来。"

"好了，不用管我。很抱歉，今天我很忙。"园香把秀美向外一推，咔嗒一声关上房门。上锁的声音从门内传来。

秀美愣住了。到底发生了什么？

她走下楼梯，却不想离开。她正犹豫着，旁边的房门开了，一名看似主妇的中年女子走了出来。那是园香家斜下方的住户。女子从秀美身旁经过，走向步道。

秀美忽然想起了什么，追了上去。"打扰一下——"她喊道。

数分钟后，秀美再次站到园香家门前。按对讲机恐怕没用，秀美拨出了电话。

正当秀美担心自己已被拉入黑名单时，电话接通了。

"是我……"手机中传来园香消沉的声音。

"园香，我就在你家门前，有件事我无论如何都要确认。"

"我都说了，请不要管我。拜托了，回去吧。"园香措辞严厉，但语气并不强硬。

"我已经从楼下的太太那里听说了。她说你好像一直被男友暴力对待。"

园香沉默了。

"请让我进来，告诉我发生了什么。"

片刻之后，屋内响起开锁的声音，门开了。

面对面坐下后，园香带着放弃一切的表情，缓缓摘下口罩。

秀美一时无法呼吸。园香的脸颊上有一大片瘀青，嘴角令人心痛的伤口已经结痂。

"这是被上辻打的？"

"嗯。"园香点点头。

"从什么时候开始的？"

"同居后没多久就开始了。"

"原因呢？"

"有很多，比如我否定了他说的话，或者顶撞了他。稍微争辩几句，就会被他殴打。"

秀美沮丧至极。确实有这样的男人，在旁人面前温柔优雅，背过身去却毫不在乎地对妻子或恋人使用暴力。秀美虽然没有遭遇过，却认识好几个这样的人。她不禁痛恨自己的愚钝：为什么没有看透上辻？

"那你还喜欢他吗？还想和他在一起？"

"以前是的。他不使用暴力的时候非常温柔，打了我之后也会立刻道歉，说再也不会这么做了。每到那时，我都会觉得自己也有错。"

"可是他又会再犯，对吧？那种男人就是那样。那是种病，而且到死都治不了。"

"我知道。所以说实话，我已经想和他分手了。"

"那么，分手不就好了？为什么不分手呢？"

"我要是说出口，肯定会大难临头……说不定会被杀掉。"

"怎么会……"

"是真的。以前我略微提过一句，结果您知道他怎么了吗？他

169

从厨房拿来菜刀,说如果我想和他分手,他就先杀了我再自杀。"

"那只是威胁吧?"

"我觉得不是,他是真心的。我拼命想办法才安抚好他……可我再也不想经历那种恐惧了。"

听完园香的话,秀美陷入灰暗。园香的讲述并不夸张。在秀美迄今为止的人生经验中,她知道那样的男人是真实存在的。

从那天起,秀美便有了一块心病。好不容易相遇的外孙女竟然面临如此灾祸,她必须做些什么,必须伸出援手。连日以来,她心中考虑的只有这件事。

她不久后便有了结论。实际上,这个结论从一开始就隐约存在于她心中一角。就算拿自己的命去换,她也要把辻亮太带离这个世界。她时日不多,若园香能由此获得幸福,她就再心安不过了。

问题在于方法。年过七旬的老妇人,怎样才能准确无误地杀死身强力壮的年轻男子?

秀美认为,只能使用那个东西了。

17

大大小小的舰艇融入了灰蒙蒙的景色中。也许是因为天气阴沉，海面也呈现出暗淡的灰色。不过在薰看来，这样的风景与军港格外相称。

当然，正在散步的人们大概都在期待蓝天碧海。尤其是举着手机拍照的人，一定都在祈祷背景的颜色能够衬托出五彩缤纷的花坛。

对于薰来说，如此色彩的天空和大海都已足够。她从包里拿出矿泉水，拧开瓶盖。她走进铺有木地板的公园，在长椅上坐下，眺望大海。她已经不知多久没有这样的体验了。

薰用水润过喉咙，刚把瓶子收入包中，就传来了"久等了"的声音。抬眼一看，汤川就站在面前。

薰慌忙想要起身，汤川却说了句"这样就好"，在她身旁坐下。

"不好意思，突然不请自来……"

"没关系。是不是草薙让你来的？叫你不要事先联系我，只管来便是。"

"组长说，如果想获得重要的供述，就不要给对方犹豫的时间，就算对那个相识很久的物理学家也一样……"

"呵呵，"汤川嗤笑道，"确实像是那家伙会说的话。不过到头来你还是给了我一些时间。从你按响公寓大门的对讲机算起，已经过了二十分钟。"

"您可能无法立刻外出，这一点是在预想之中的。"

"妈妈刚才尿了裤子，我在帮爸爸给她换衣服。妈妈不愿配合，所以特别麻烦。明明都上年纪了，胡闹的时候力气却大得吓人。"

"真辛苦啊。"

"这不算什么，毕竟不会永远持续下去——来说说你有什么事吧。"

薰挺直后背，转向汤川。"今天上午，组长接到了根岸秀美的电话，说有重要的事情要谈，希望组长去一趟她家。组长登门后，根岸秀美供述是她杀了上辻亮太。"

"这样啊。"汤川淡淡地说道。

"您不吃惊啊。"

汤川露出讶异的目光。"如果我在这种局面下做出吃惊的样子，你会怎样？"

"我会请您停止拙劣的表演。"

"是吧？所以我只能做出正常的反应。"

薰叹了口气，看向汤川那张若无其事的脸。

"组长命令我见到您后要先问这个问题：那种恶趣味什么时候能治好？"

"恶趣味？"

"就算察觉到解决案件的关键之处，也不通知警方，而是先与嫌疑人硬碰硬——这次您好像也是如此啊。"

"你是指什么呢？"说到这里，汤川面露苦笑，"算了……装糊涂似乎也不太好。"

"听说您昨晚和组长分开后，在银座二丁目的酒吧和根岸秀美进行了密谈。"

"我确实和她一起喝了兑苏打水的阿贝威士忌。"

"你们都聊什么了？不过，比起这个问题，还是老师您对她说了什么这点更重要，请告诉我。组长本来想亲自问您，但他正忙着办理根岸秀美的起诉手续，没法离开本部，所以命令我代替他来。请您把我当成组长的代理。现在我再次问您：昨天晚上，您对根岸秀美说了什么？"

"对别人提出要求之前，先亮出自己的牌怎么样？根岸秀美是怎么供述的？"

"我想先听汤川老师您说。"

"你那边要先亮牌。如果你不愿意，那就到此为止，我这就回去。反正根岸秀美的供述内容迟早会被报道出来。"

薰很不甘心，但汤川说得没错。面对这个人，讨价还价果然毫无作用。

"作案动机据说是想要保护重要的人。所谓重要的人，当然是指岛内园香小姐。"

"怎么重要了？"

"听说园香小姐是她的偶像。"

"偶像？"汤川不解地皱起眉头。

"据根岸秀美说，她半年前在上野的花店发现了园香小姐，立刻像被击中了般，一眼就喜欢上了她。她先是买了花，想和园香小姐亲近起来，后来为了多说些话，又委托园香小姐帮她挑选给香颂演唱会的赠花。其实根本没有那种演唱会，花是她自己带回家了。"

"那么挖掘女招待又是怎么回事？"

"似乎是真的，但并不是因为她觉得园香小姐具备做女招待的才能，只是想把她放在身边。就算园香小姐不做女招待也无所谓，只要有说话的机会就好。根岸秀美对园香小姐并不是同性之爱，只要看到园香小姐，她就感到幸福，并不奢求对方有任何回应。"

"原来是这样，所以才说是偶像吗……"

"根岸秀美说，看到珍视的偶像因上辻陷入痛苦，她无法原谅上辻。园香小姐看起来战战兢兢，连逃走都不敢，所以杀死上辻是唯一的出路。于是她指示园香小姐去旅行，表示自己会在那期间处理好上辻的问题。当然，她并没有提及杀人计划，只说会通过商讨来解决。"

"然后她就动手了吗？过程是什么样的？"

"关于行凶过程的供述也基本结束了，非常复杂。"

薰取出记事本。接下来如果不看笔记，说明起来会非常困难。

二十七日，岛内园香遵从根岸秀美的指示，和冈谷真纪一起前往京都旅行。但是秀美命令园香对上辻这样说："我要和根岸女士去馆山。"如果是和朋友去旅行，上辻恐怕不会同意；但他既然为了钱而考虑让园香到 VOWM 工作，应该就不会反对秀美的邀请。果然，上辻似乎并未怀疑园香。听园香说过后，他给秀美打去电话，询问两人是否真的要去馆山，秀美则回答"是的"。这是二十三日的事，通话记录应该还留在电信公司，因此秀美那时已经做好了警方事后会来找她的心理准备。

园香她们顺利前往京都当天的午后，秀美打电话联系上辻。她说园香在旅行中因贫血晕倒，幸而得到当地人的帮助，正在对方家中休息，希望上辻能开车来接。

上辻回答："我租了车马上就来。"

几个小时后，上辻开车出现在馆山。此前秀美已经关闭手机，避免上辻联系到她。作案当天的通讯记录中可不能留下自己的号码。

走下车的上辻一脸惊讶，大概是因为眼前是远离观光地的海岸，几乎一栋民宅都没有。

秀美带着上辻走上一条小路。然而路的尽头也没有民宅，而是一道悬崖。十米高的崖下就是大海。

这是秀美经过若干天的演练后找到的场所。

她拿出凶器。那是曾与她交往的男人寄放在她那里的私造枪，枪口对准了仍未回过神来的上辻。

背对悬崖，上辻已经走投无路，连声音似乎都发出不来了。

"面朝大海站好。"秀美命令道。

上辻照做了。他主动举起双手，问道："这到底是怎么回事？"

秀美没有回答，直接扣响了扳机。她深知射击会带来巨大的后坐力，于是用力踩住地面，因此身体并未被弹飞。

但是没有做好准备的上辻就不同了。他像被什么东西推着一样，咚地向前飞了出去，随即落下悬崖。

"随后，根岸秀美把上辻的车开到馆山市内一处购物中心的停车场，用事先准备好的手持吸尘器仔细清理了车内，就坐电车回东京了。据她供述，行凶用的枪扔进了隅田川。她之所以把上辻叫到千叶，是因为她熟悉当地地形，知道哪些地方不会引人耳目。只要选择那样的地方，就不用担心枪声被人听到。上辻掉进海里是个意外，但根岸秀美也一直企盼警方无法判断出遗体的身份。"

薰说了句"就是这些"，随后合上了记事本。

"她是什么时候告诉园香小姐她杀了上辻的？"

"关于这点，她没有明说，但她觉得园香小姐已经明白了。"

"什么意思？"

"就上辻没有回来一事，她向园香小姐表示'问题都已解决，不用担心'，随后又指示她做了很多事，比如向警方申报失踪。"

"那么园香小姐察觉到发生了什么，也是理所当然的了。"

"不过根岸秀美似乎没有想到园香小姐会躲藏起来，表示是她失算了。根岸秀美觉得，虽然警方会怀疑园香小姐，但她有不在场证明；而且警方也不会想到，一个与她既非血亲又无交情的外人，会为了将她从男人的暴力中救出来，选择行凶杀人。因此，园香小姐只要不逃走，就不会被卷入案件。然而，园香小姐的心理还是太脆弱了，这是根岸秀美的感叹。"

"既非血亲又无交情吗……根岸秀美是这么说的？"

"差不多吧。怎么了？"

"不，没什么。要是这样，还的确是失算啊。"

"那么……"薰收起记事本，看向汤川，"我这边的牌都亮出来了，接下来轮到老师您了。您昨天和根岸秀美谈了什么，能告诉我吗？"

汤川点了点头。"我是这么告诉她的：我能找到岛内园香小姐。我早晚会将这件事告知警方，但如果凶手有意自首，那么等一等也无所谓。恐怕园香小姐也是这么期待的，所以才隐藏行踪。"

薰瞪圆了双眼。"我从组长那里听说了，汤川老师您果然与这次的案件有关联啊。不，准确地说，是与案件相关人有关联，也就是松永奈江女士，对吧？"

"她与案件无关，虽然她确实藏起了园香小姐。"

"请告诉我，松永奈江女士与老师您是什么关系？您不仅仅是她绘本创作的协助者吧？"

汤川闻言，眉头微蹙，随后转身面向大海。"我们认识多少年了？"不一会儿，他说道，"十年？不，还要更久……"

"从我二十多岁时起。"

"是吗？"汤川说着，点了点头，"我一直想和草薙说明，不过在这里先告诉你，他应该也不会生气，毕竟今天你是代替他来这里的。"

"正是如此。"薰注视着汤川的侧脸。

"松永奈江是……"汤川长长地吐了口气，"是我的亲生母亲。"

18

"我出去一会儿。"

听到这个声音,透过窗户凝望夜色的园香回过头。奈江正披上外套。

"您要去哪里?"

"地下的酒吧,去换换心情。"

"为什么突然……"

奈江第一次说出这样的话。

"园香,你就待在这里。"她目光真挚,"很快就会有人到访的。如果那人到了,就让他进来。没关系,虽然是个男人,但值得信赖。"

"是什么人?来干什么?"

"你见到他就明白了。放心,他一定会告诉你正确的道路。"

园香完全摸不着头脑。她正发着呆,奈江说了句"我先走了",就出了门。

园香带着疑惑在沙发上坐下。这是一张与豪华套房相称的皮沙发。离开汤泽的度假公寓后，奈江便说要回东京，继而来到了这家酒店。

门铃响了，园香不禁一哆嗦。奈江说的人来了。她起身走到门口，打开了门。

站在门前的是一个戴着眼镜的男人，他身材高大，优雅的面容上挂着笑容。"晚上好。"他说。

"晚上好。"园香也小声报以问候。

"我可以进去吗？"

"啊……请进。"

男人一进屋，就一边环顾室内，一边走向窗前。他瞥了一眼窗外，满意地点了点头。

"真是个不错的房间，太好了。我是看网上的图片预订的，多少有些不放心。"

"是您预订的这家酒店？"

"我认为警方大概也没想到你们会回东京。我可以坐下吗？"男人指了指单人沙发。

"啊……请坐。"

"你也坐下吧。"男人坐下后立刻说道，示意园香坐在双人沙发上。园香应声坐下了。"不好意思，一直都没做自我介绍。"男人从内侧口袋里拿出名片。

园香接过名片，眼睛眨了又眨。"汤川老师……大学教授为什么要来这里？"

"我的身份和你完全无关，请不必在意。比起这点，你知道根岸秀美女士已经自首了吗？"

园香轻轻点了点头。"我知道。"

"在自首的前一晚,你和她聊过了吧。"

"……聊过了。"

"那时,你应该从根岸女士那里收到了好几项指示。"

园香惊讶地睁圆了眼睛。这个人为什么连这件事也知道?

"指示的内容与你们真正的关系有关——你们两人一个是外孙女,一个是外婆,这一点决不能告诉警方。没错吧?"

听到汤川的提问,园香只能点头。事实正是如此。

"我就不细说经过了。我注意到了你们的关系,因此曾向根岸女士本人询问过。她是以那个玩偶为线索,得知了你就是她的外孙女。"汤川说着指了指写字台,玩偶就摆放在那里,"我对根岸女士说,这件事可以由我告诉警方,但如果她想自首,那么我稍微等等也行。于是她提出了条件,希望能有机会与你通话。所以,我就通过松永奈江女士,让你给根岸女士打了电话。"

原来是这么回事吗?之前不明所以的那些事,现在总算都理解了。

"但是根据警方所说,根岸女士并未坦白她和你的关系,只说你是她相中的女孩。听说此事时,我以为她隐瞒你们的关系是为了你好,但后来才察觉可能另有原因。不如说,那层原因更有说服力,也更能说明为什么只有杀死上辻这一条路可选。简而言之,根岸女士想要相信你;就算一直被骗下去,她也不愿意知道真相。"

园香一时愕然,不仅因为汤川看透了一切,更因为他理解秀美杀死上辻的真意。

"你总有一天会接受警方的调查,那时你也许会愿意讲明一切,那样会让你轻松些。但是,我希望你不要忘记,那么做不会给任何人带去幸福。你将会因欺诈罪被起诉,而根岸女士只会再次陷入悲伤的泥潭。如果对她抱有歉意，你就应该保持沉默。我今晚就是想说这件事才来的。"

汤川语气淡然，但吐出的一字一句都尖利地刺进了园香的胸口。那份疼痛让她动弹不得，也发不出声音。

汤川看了看手表，站起身。"目的已经到达，我就告辞了。之后就是你的事了。"

园香依旧一动不动，连目送汤川走出房间也无法做到。咔嗒——耳边只留下了房门关闭的声音。

当余音消失后，园香终于回过神来。她站起身，缓缓走到写字台旁。拿起玩偶后，数月来的经历一一浮现在她脑海中。

那天，园香刚回到家，亮太就略带兴奋地说了一件奇怪的事：这天白天，有个陌生的老太婆跟他搭话。

在他拿出的名片上，印着"根岸秀美"这个名字。是银座一家俱乐部的经营者。

"她说想问问你母亲的情况。"

"妈妈的情况？"

到底是谁呢？园香毫无头绪。难道是奈江的朋友？她已经有段时间没和奈江联系了。

"她先给我看了一张照片，是你小时候在福利院参加圣诞节派对时拍的。"

"啊……"园香明白过来了，"是在朝影园拍的吧？这么说来，前不久我接到过电话，说朝影园官网刊登了我的照片，问是否征得了我的同意。"

"她问我见没见过照片中你抱着的那个玩偶。就是那个——"

亮太指向架子上方，那里摆着身穿蓝粉色格子毛衣的玩偶，"我一说我见过，好像是你母亲的遗物，那个人突然就哭了。当时咖啡厅里还有其他客人，我急得不行，一问理由，又被吓了一跳。她说她就是生下你母亲的人。"

"哎……"话题过于意外，园香脑中一片混乱，"生下我妈妈，也就是说，那个人是我的外婆？"

"是的。那个玩偶就是她做的。把婴儿放在福利院门前时，她把玩偶也一起放进了篮子里。"

"放？婴儿？什么意思？"

"也就是说……"亮太抬高了语调，"你的母亲是孤儿吧？从小无依无靠，在福利院长大。这张名片上的老太婆，就是她的生母。"

园香又是摇头又是摆手。"我想一定是弄错了。"

"为什么？"

"和我听到的情况不一样。妈妈是大约三岁时独自在公园被人发现的，因为没有父母来找，就被送到福利院了。大概是父母弃养，把她扔到公园的。"

"那玩偶呢？"上让用下巴朝架子的方向示意。

"那个玩偶是之前就放在朝影园的，后来就送给妈妈了。"

"你确定吗？你母亲也可能说了谎啊。"

"为什么要说那种谎？"

"不知道，我只是说也有说谎的可能。"亮太的语气粗鲁起来。这是他情绪变坏的信号，这种时候绝不能提出反对意见。

"是啊……"园香小声回答。

随后，亮太陷入了沉默，似乎在考虑什么事情。

园香盯着玩偶，想起了从千鹤子手里拿到玩偶时的情形。

"这个玩偶的主人很小就去世了,所以就由我代替那孩子照顾它。你也要好好保管啊。"

母亲的话听起来并不像是编造的。

亮太见到的老妇人,应该就是那个去世的孩子的母亲。但如果提出这一点,亮太恐怕会勃然大怒,因此园香什么也没说。

之后的三天里,亮太没有再提过这个话题。园香很在意事情有没有进展,但她不想自寻烦恼,于是始终保持沉默。

一天晚上,亮太突然开口了。"关于那件事,有新的进展了。"

园香不太明白。"那件事是指什么?"她问道。

"就是你外婆的事啊。总之,我们去见见她吧。"

意外的提议让园香困惑不已。"见面后要怎么办?可以说出真相吗?"

"什么叫真相啊?"

"就是和我听妈妈说的情况不一样……"

嘭一声巨响,亮太猛地拍了拍桌子。"你有证据吗?你母亲也可能撒谎吧!同样的话到底要让我说多少遍?!"

园香不记得亮太说过很多遍,但还是缩起脖子道歉。"对不起。"这已经成了条件反射。

"总之,我们去见一见她。见面后你也不要多嘴,估计她会问很多问题,我会教你怎么回答。明白了吗?明白了就说一声!"

"嗯,我明白了……"

"好,那现在就开始。给我记清楚了!"

就这样,两人开始了彩排。园香虽然不明所以,但为了不惹怒亮太,她还是选择了服从。

几天后,园香在亮太的带领下见到了根岸秀美。秀美举手投足间都隐隐散发着雍容与风韵，用俗话说，她就是那种优雅地老去的女人。

你们带了那个东西吗——听到秀美询问，园香打开托特包，取出了玩偶。

接过玩偶，秀美的双眼立刻变得通红。她翻起毛衣看向玩偶的后背，表示毫无疑问是她亲手做的。

亮太用手肘捅了捅园香的腰。园香开口道："妈妈她……妈妈她常说，这个玩偶是她寻找父母的唯一线索。她还说，如果在她年轻的时候，网络能像现在一样普及，她一定会把照片传到网上，去找有线索的人。"

这是亮太让园香记住的台词。园香一直觉得这番话十分做作和虚伪，但秀美的反应却出乎意料。她一边强忍泪水，一边连连说着"对不起、对不起"，似乎在为抛弃女儿道歉。

虽然心中充满了罪恶感，但园香不得不继续说出接下来的台词。

"您不用道歉。妈妈没有恨您，她说您那时应该是陷入了困境。直到最后，她都很想见您。"

"直到最后……"

"是的，直到最后。"

泪水溢出秀美的双眼。看到她用手帕擦拭，园香胸口隐隐作痛。

此后，秀美询问了很多关于园香母亲的情况。她当然想知道被遗弃的女儿过得怎么样，但是对于园香来说，这只是在讲述千鹤子的事情。说到千鹤子死于蛛网膜下腔出血，秀美喃喃地说那也许是遗传。

第一次会面就这样顺利结束了。秀美表示今后还想见面，园香无法拒绝，于是回答没问题。

"真好啊，园香。你一直独自一人，现在终于找到了外婆。这么难得，你就好好撒撒娇吧。"

亮太的话语中回响着虚伪，但秀美的反应依旧热忱。

"是啊，怎么撒娇都好。我想把应该给女儿的那份全都给你。什么时候来玩都行，我都热烈欢迎。"

园香低下头，只能回答"好的"。

与秀美道别后，一看到园香露出失落的表情，亮太就问道："怎么了？"

"我不知道这样做好不好……"

"什么？"

"那个人可是完全相信我们了啊。"

亮太瞪了她一眼。"那有什么不行的。"

"可是……"

对话到这里就结束了，然而一回到公寓，园香立刻被打飞在地。

"你给我好好听着！我调查了那个老太婆，她可不是银座那种被雇用的妈妈桑，而是堂堂的老板娘，名下还有其他店铺。她以前或许很穷，但如今可是有钱人。能做那种老太婆的外孙女，怎么可能是坏事。"

"……会露馅儿的。"

"露馅儿？露什么馅儿？喂，你怎么又说那种话！"

园香的头发被一把揪起。她疼痛难忍，但恐惧却让她连哀号都发不出来。

"什么是真的,什么是假的,谁都不明白。你就是那个老太婆的外孙女,难道有证据证明你不是吗?没有吧?那就够了。还是说你有什么其他不满?"

园香摇了摇头。DNA 鉴定一事在她脑海中浮现出来,但她没能说出口。

亮太松开了园香的头发,靠近她的脸。"园香,"他发出了温柔的声音,"听好了,这是一辈子一次的大博弈,是你能获得幸福的机会,我不想放过。你明白我的心情吧?"

"嗯……"园香点了点头。

"好孩子。"亮太说完,摸了摸园香的头。

从那天起,园香开始频繁拜访秀美。这是亮太的命令,虽然园香并不愿意这样做。

不过对园香来说,与秀美共同度过的时光绝非不愉快。她们聊的大多是园香母亲的事。秀美询问千鹤子是个什么样的人,园香便讲起了母亲的故事:她如何在朝影园长大,离开朝影园后过着怎样的生活,以及为什么会成为单身母亲。每一件事她都如实道来,不必撒谎让她感到十分轻松。看到不时流泪回应的秀美,园香渐渐觉得,千鹤子如果真是秀美的女儿该多好。

一次,亮太表示自己也要同去。园香询问理由,当即大吃一惊。亮太要去采集用来做 DNA 鉴定的样本。

"那样做不要紧吗?"

园香一问,亮太立刻投来冷漠的目光,仿佛在质问她有什么不满。园香慌忙道歉,但身体还是因害怕可能到来的殴打而僵硬起来。

然而亮太却咧嘴一笑。"不用担心,交给我吧。"他只说了这一句。

听到要做DNA鉴定，秀美露出了些许不安的神色。看到她的样子，园香发现她果然没有完全相信现状。

不过，亮太究竟打算怎么办？他不可能真的认为秀美和园香之间有血缘关系。

但是两周后，看到送来的鉴定结果，园香不禁怀疑起自己的眼睛。结果显示，两人有血缘关系的可能性超过百分之九十九点五。

"到底是怎么回事？"园香问亮太。

"没什么，就是这么回事。所以我不是说了吗，不用担心。"

看着笑容满面的亮太，园香明白过来：他采集的是别的祖孙的DNA，然后送到了鉴定公司。

做出这种事当然不行，这完全是在犯罪。但是园香什么都没能说出口，她不想反抗亮太。

得知鉴定结果，秀美格外欣喜。她直率地表示，虽然她一直相信没有问题，但还是曾感到不安。她希望园香喊她外婆，又让园香不要再生硬地使用敬语。

园香无法拒绝，于是试着叫了声"外婆"。仅仅这一声，秀美的眼眶就已经湿润。园香一边承受着良心上的谴责，一边安慰自己：这个人如此高兴，所以这样就好。她还给自己编造出奇怪的借口：称呼时脑子里只要想着平假名，而不是汉字，就不算说谎。①

从这时起，秀美开始为园香提供金钱上的援助。此前每次回家时，秀美都会递上两万日元，让园香"和亮太一起吃点儿好的"，但这时的金额已经超过十万日元，不再是零花钱了。秀美也确实对

---

① 日语中，用于称呼一般年长女性的"老婆婆"和"外婆"发音相同，但前者通常用平假名写作"おばあちゃん"，后者则会写作带汉字的"お祖母ちゃん"。

园香说过:"请拿这些钱去补贴生活。"她应该觉察到了园香他们的生活并不宽裕。

"跟我说的一样吧?"看到园香带着钱回到家,亮太满意地露出笑容,"那个老太婆很有钱,但她没有亲人,所以也没有继承人。不过今后就不同了,她找到了继承人。园香,我们要进入下一个阶段了。"

"下一个阶段是什么?"园香有种不好的预感。

"让你们的关系正式化,也就是让她收养你。去找她谈吧,一定要咬着她不放。"

始料未及的提议让园香动摇起来。"要做到那种地步吗?"

"那你想怎么办?让我告诉你一件重要的事吧:那个老太婆有病,而且是癌症,好几年前做过手术,周围人也说她活不长了。也就是说,她什么时候死都不奇怪,明白吗?如果现在这种情况下她死了,那可就糟了,我们一分钱都拿不到,所以必须抓紧时间。只要她收养了你,那她什么时候死都无所谓,遗产全部都会装进你的口袋。我甚至还盼着她早点儿死呢。"

"但是那……无论怎么想都太恶劣了,不是吗?"

"什么?什么叫'无论怎么想'?"

"那是犯罪啊。不是和欺诈一样吗?欺骗她,让她收养我——"

话还没说完,园香就整个人向一旁飞去。她狠狠挨了一巴掌。

亮太像往常那样揪起她的头发。"欺骗?你给我注意用词!我什么时候骗她了?你给我好好想想,是我主动接近那个老太婆的吗?不是吧?是她擅自接近我们,说你是她的外孙女。我们只是配合她而已。你那表情是什么意思?又有什么不满吗?"

园香想说亮太在 DNA 鉴定时做了手脚,但又害怕暴力再度升级，便默默地摇了摇头。

"你给我听好了，我把一切都赌在了这个计划上，已经不能回头，也不打算回头。如果这是犯罪，那么你也是共犯，事到如今已经逃不掉了。你用老太婆的钱吃饭了吧？酒也喝了，新衣服也买了，不是吗？"

我会把所有钱都还给她——园香想这样说，嘴却张不开来。

亮太冷冷一笑。"别担心，一定会顺利的。我已经说了很多遍了，一切都是为了你。等事情顺利结束后，剩下的就只有等待了。等那老太婆一下子归天后，幸福就会不请自来。"

不，那样不叫幸福——园香没有说出口，而是闭上了眼睛。

不知亮太是如何理解园香这一举动的，总之他说了句"好孩子"，再次摸了摸她的头。

园香开始期盼早日结束这样的局面。无论亮太如何捏造理由，犯罪就是犯罪。

园香决定尽量不再去秀美家。即使到了休息日，她也会以秀美没有时间为借口。只要见到秀美，就必须提出收养一事，如果一字不提就回来，亮太必然会勃然大怒。

就这样过了一个月。一天，园香回到家，发现亮太正在喝威士忌。他一般不会在晚饭前喝酒，不祥的预感立刻涌上园香心头。

果然不出所料，突然起身的亮太向园香扑来。他把园香按倒在地，对着她的脸和身体就是一顿痛打。

"你竟敢骗我！刚才我给老太婆打了电话，她可说是因为你有事，所以总是无法见面。到底怎么回事？回答我！"

"求……求求你，原谅我……"

"啊？你说什么？"

"我讨厌那样,已经不想再继续下去了。"

"不想继续下去?什么事至于那么讨厌?你只要去老太婆家,让她高兴就行。很简单吧?"

"不是的……这样的生活,已经不想再继续了。"

"这样的生活?你是什么意思?是说不想再和我一起生活了?"

园香没回答,也没有点头,但是亮太似乎察觉到了什么,突然起身走进厨房,又迅速折回。

看到亮太手上的东西,园香不禁打了个寒战。那是一把菜刀。

他再次站到园香面前,将菜刀贴近她的脸。

"园香,你要是背叛我,就别怪我不客气。以前我也说过,已经没有退路了,逃跑也没用。我一定会找到你,杀了你,然后自杀。这不是威胁,是认真的。"

亮太眼中疯狂的光芒让园香动弹不得。

我会被杀死的,她想。要是这样下去,不知何时就真的会被杀死——

就在这之后不久,秀美突然到访。因为亮太不在家,园香打开了门。虽然戴着口罩,秀美还是注意到了她脸上的瘀青。

园香一度把秀美关在门外,但秀美并未放弃。她似乎已经和邻居打听过了,知道园香正深陷亮太的暴力之中。

园香不打算蒙混过关,直率地讲述了遭受家庭暴力的详情。但是关于背后的原因,园香闪烁其词。她没能说出他们在欺骗秀美的事实。

"我知道了。我会想办法帮你的,不用担心。"秀美说完就回去了,但园香完全不知道她到底作何打算。

一周后,秀美打来电话,于是园香立刻前去和她见面。正好亮太也提出了要求，一旦她脸上的伤不再显眼，就要立刻去找秀美。

秀美的提议令园香十分意外。"近期请你找个要好的朋友一起去旅行。至少也要两天一夜，尽量选择比较远的地方，我给你出钱。你想去哪里？"

唐突的话题让园香困惑不已。"为什么突然这么说？"

"不偶尔换换心情可不行。你很多年都没旅行过了吧？"

"那倒是……"

看到园香并未释然，秀美突然笑道："其实，我是打算解决那个问题，就是你那个粗暴的男友。我考虑了很多，准备和他当面谈谈，把事情解决了。"

"那样行得通吗？"

"当然不会那么简单。既需要能帮我交涉的人，也需要金钱。不过我已经看到了成功的希望。等园香你回来的时候，你们的关系应该已经结束。我不会让他再接近你。"

需要能够帮忙交涉的人和金钱——

那大概是类似黑社会的人物吧。园香完全不了解那个世界，但秀美或许有门路。

"能顺利吗？"

"我一定会让事情顺利的。当然，万一出现意外，我也会当心，不让你被卷进去。放心吧。"

"但是，他可能不会允许我出去旅行。"

"说是我邀请你去的不就好了？这样也不行吗？"

"啊，这样大概没问题……"

不如说拒绝邀请反而会惹怒亮太。

问题在于如何选择合适的旅行伙伴。秀美表示要找值得信赖的好友，于是园香只想到了一个人。

她试着联系冈谷真纪，结果两人立刻就做出决定，计划在九月二十七日前往京都。

得知旅行的事，亮太似乎怀疑园香在撒谎，当即给秀美打了电话。挂断电话后，他立刻窃笑道："真是个好机会，就在旅行中把收养的事敲定吧。明白了吗？"

"明白了。"园香答道。如果事情能按秀美所说的发展，那么撒什么谎都不用担心。

和真纪同行的京都之旅非常愉快。时隔许久，园香终于充分享受到了自由。当然，她也惦记着亮太的事。秀美真的能帮忙交涉吗？然而，亮太并没有像往常那样频频发来恼人的信息，甚至一条都没有，这应该就是事情进展顺利的证明。到了晚上，园香收到了秀美的通知："一切顺利，请好好享受旅行。"

尽管如此，园香在回东京的当日仍然惴惴不安。想象在她脑中膨胀：待在公寓中的亮太正处于怒火喷发的前夕，等她一进屋，亮太就会一拳打过来。

然而，风平浪静。亮太并不在家。园香拨通了秀美的电话，立刻得到了"不要紧"的回答。

"不用担心，今晚请好好休息。明天你还要去工作吧？有空的时候就联系我，我有很多事想请你帮忙。"

"什么事？"

"明天我就告诉你。"

秀美说过"晚安"便挂断电话。园香总觉得那话中带着一丝冷淡。

一夜过去，亮太仍未回来。园香像往常一样来到花店上班，但心情始终无法平静下来。

"怎么了？你看起来不太高兴。"店长担心地询问。

"没什么。"园香回答。

午休时，园香给秀美打去电话，却得到了出乎意料的指示。

秀美让她给与亮太相关的人和场所打电话，逐一询问亮太的去向。

"这是怎么回事？简直就像亮太失踪了一样——"

说到这里，园香开始脊背发凉。她突然明白了事情的真相。虽然她不敢相信，但是能够想到的情况只有一种。

"那个……难道您把亮太……"她害怕得不敢再说下去。

"园香，"秀美温柔地唤道，"正是如此。亮太行踪不明了，在园香你去旅行的时候不见了，所以你今天要到处打听。等到了晚上，你就去附近的警察局，说同居的男友不知去向。"

"到底发生了什么？"

"你不必知道，也不用考虑。总之，按我说的去做就好，那样就没问题了。不必有任何担心。"

"外婆……"

已经无须怀疑。尽管不知道究竟发生了什么，但亮太已经的的确确不会再出现在园香面前了。也就是说，他已经不在这个世上——

"对于现在的我来说啊，园香你就是全部。只要你能幸福，我就别无所求，舍弃生命也无所谓。所以拜托了，请按照我说的做。"

电话中的声音强烈地传达着秀美的孤注一掷，园香无法拒绝。

"但是，就算是询问亮太的去向，我也不知道该找谁问……联络方式都在他的手机里。"

"啊，也对，如今大家都不再用通讯簿了。那也不要紧，你就时不时给亮太打个电话，试着联系他。同居的人行踪不明，你却毫无反应，那样也太奇怪了。然后就像刚才说的，到了晚上，你就去警察局请求搜索，明白了吧？"

秀美语气平淡，言辞中却充满压迫感。"我明白了。"园香答道。

"嗯，太好了。谢谢你，园香。一定要振作起来啊。有什么事就联系我。"秀美的语调里透出发自内心的安然。

挂断电话后，园香恍惚了片刻。事态已经发展到不可挽回的地步了。

园香曾下定决心，如果能顺利和亮太分手，她就要向秀美坦白。无论花多少年，她都打算全额返还秀美援助他们的钱。

但是，这样的可能性已经不复存在了。秀美认定园香就是自己的亲外孙女，因此才会将亮太带离这个世界。事到如今，园香不可能再说出真相。

园香不知道该怎么做，只能遵从秀美的命令。她先拨打亮太的电话，确认无人接听后，又发送了询问亮太身在何处的信息。这样的过程她重复了很多次，当然，亮太始终没有任何回应。

到了晚上，园香前往当地警察局，在生活安全科说明了情况。一名姓横山的男警察接待了她，询问最近有没有什么异常，园香回答没有。

提交失踪申报材料后，园香离开了警察局。她并不清楚自己是否有表现得不自然的地方。

她一联系秀美，立刻得到了肯定。"你做得很好。这样一来我就安心了，你自由了。但是，不要表现得太过喜悦，不知道在什么地方就可能被人看到。"

"之后该怎么办?"

秀美闻言,沉默了片刻。"接下来的话有点儿难以开口,但是你必须知道,所以我就说了:过一段时间,警察应该会联系你,通知你找到了看起来像是亮太的人,希望你前去确认。"

园香咽了口唾沫。她明白什么是"看起来像是亮太的人"。

"园香,你在听吗?"

"嗯,我在听。"

"到了那时,你要听从警方的指示,就算不情愿,也要去确认是不是亮太。"

"然后呢?"

"如果是亮太,那么警方大概会对如何处理善后问题给出建议。如果你拿不定主意,就联系我。"

"嗯,我明白了。"

"坚持住,再稍微忍耐一下就好了。等一切都平息,我们再见面慢慢聊吧。要保重身体啊。"

"嗯,外婆您也是。"

"谢谢。"

园香彻夜未眠。一考虑到将来的事,绝望便笼罩心头。今后只能继续欺骗秀美吗?为了外孙女,秀美甚至杀死了那个可憎的男人。

园香在几乎未曾合眼的状态中迎来了早晨。刚一上班,店长就担心地招呼她:"你脸色不太好,而且昨天也没精神,如果身体不舒服就休息吧。"

"不用,没关系的。"

但是，园香的精神状态确实让她无法胜任工作。她一直战战兢兢，不知什么时候警察就会打来电话。

松永奈江就是在此时联系的园香。她语气轻快地说道："好久没听到你的声音了，我就是想好好听你说说话。"

园香无法强颜欢笑。听到她含混不清的回答，奈江似乎察觉到了什么。"园香，是不是发生了什么？跟我说实话。"

直截了当的提问让园香瞬间痛苦起来。"奈江夫人，其实我陷入了非常糟糕的境地……"她忍不住吐露道。

"哎，怎么了？发生了什么？"奈江的话听起来惊讶不已，但园香不知该如何回答。听她一时语塞，奈江便说："看来是电话里很难说清的事情啊。"

"嗯，是的……"

"那你要不要来我家？我也想面对面听你说。"

"好。"园香回应道，两人相约当晚见面。然而挂上电话，园香却陷入了思考。

如今这种局面是无法说出口的。虽说是按命令行事，但自己的的确确欺骗了一位老妇人，并最终让她痛下杀手。

该怎么对奈江开口——园香满脑子都是这件事，工作中频频出错。见到奈江时，她仍然没有找到清晰的答案。

奈江一见到园香，就看出事态并不寻常。"现在，把你能说的告诉我就好。有些话很难讲出口吧？"她问。

园香点点头，开了口。"他好像被杀了。"她首先讲明了这一点。奈江早晚会知道，还是先说出来比较好。

奈江应该感到惊讶，但是表情并没有什么变化。"被谁杀的？"她抛出问题。

"那个……我不想说。那个人是为了我才这么做的。"

奈江紧盯着园香,过了一会儿,她低声说道:"我明白了。那么,你想怎么办?"

"我不知道,我完全不知道。"园香摇了摇头,"如果可以,我想从这里消失……"

"园香——"奈江轻轻唤了一声,随即陷入沉默。

园香始终低着头,不知道奈江露出了怎样的表情。

"我明白了。"不一会儿,奈江说道,"就这么办吧。"

园香闻言抬起了头。"什么意思?"

"就是消失啊。没关系,我陪你一起。"

"去哪里呢?"

"交给我吧,我有主意。"

随之而来的就是仓促的准备。十月二日早上,园香给花店打去电话,提出停薪留职。她已经做好了心理准备,如果店长不允许,她就辞职,但幸好获得了许可。收拾好行李后,她来到奈江的公寓一看,奈江也已经完成准备工作,于是两人一起出发前往东京站。听说要搭乘上越新干线,园香吓了一跳,那是她从未想过的地方。

"我有个隐居地。"奈江说着,向园香眨了眨眼。

两人就这样开始了在汤泽度假公寓的生活。这里的住户寥寥无几,购物也全部由奈江负责,应该不会被警方找到。

问题在于要躲藏到什么时候。通过新闻,园香得知上辻的遗体已被发现,搜查已经开始。警方必然正在拼命奔走,追查她的行踪。

奈江什么也没问过,似乎在等待园香主动坦白,但园香终究还是说不出口。自己冒充一位老妇人的外孙女并骗取钱财——要是交代出这件事,她一定会遭到奈江的痛斥和鄙夷,并被她扭送到警察局。

日子就这样一天天过去,事态突然发生了变化。两人离开汤泽的公寓,搬到了现在这家酒店里。奈江似乎是受到了某个人的指示,但她并没有明说。现在想来,那个人应该就是汤川吧。

而且在几天前的深夜,奈江曾经一边给园香看便笺纸一边说:"现在请你马上给这个号码打电话。"

看到号码,园香脸色铁青。那是秀美的手机号码。

"我去另一个房间。"奈江说完便消失在卧室中,随后传来她关上房门的声音。

园香越来越糊涂了。究竟是怎么回事?奈江为什么知道秀美的电话号码?

尽管犹豫不决,园香还是拿起了听筒。她按下便笺纸上的号码,然后将手放在胸口上。

呼叫音只响了一回,电话就接通了。"我是根岸。"熟悉的声音响起,园香没有出声。"是园香吗?"对方问道。

"嗯。"园香回答。

"太好了。汤川教授遵守约定了啊。"

秀美的话语里出现了陌生的名字。那是谁呢?

"你还好吗?没倒下吧?"

"嗯,挺好的。我……"

"你什么都不用说,健康就好。但是请你听我说——你会听吧?"

"嗯。"

"太好了。我明天会去警察局,去自首。"

"哎……"

"我想过蒙混过关的办法，但果然还是不行。我准备放弃了。所以，我有话想先告诉你。到了警察那里，我只打算说你是我在花店看中的女孩。至于你是我遗弃的女儿的孩子，我绝对不会说。所以啊，园香你也一样，无论警察问什么，你都要这样应对。明白了吧？"

"这样……可以吗？"

"没问题，就把这件事当成只有我们两人知道的秘密吧。这半年来我非常愉快，留下了很多回忆。我会把它们当成珍宝，度过我所剩无几的人生。"

"根岸女士……"

"你不叫我外婆吗？"

"啊……但是……"

"这是最后一次了，叫我外婆吧。"

"外婆……"

听筒里传来轻轻的笑声。"谢谢你。"

随后，电话咔一声挂断了。

园香手握听筒跪倒在地，泪水夺眶而出，啪嗒啪嗒落在了地毯上。

19

朝日奈奈女士：

邮件已收悉。

此前，世报社的藤崎女士已发来邮件，向我做了说明。

感谢您的细致用心。您能对拙著《如果遇到磁单极子》抱有兴趣，我万分感激。但我想说明清楚，这是一本与畅销完全无缘的书。这本书目前已绝版，您是如何知道它的，我非常好奇。

您想以磁单极子作为绘本题材，我深感意外。但是，我一直期盼孩子们能对物理学产生兴趣，哪怕兴趣微小，因此格外欣喜。还请让我助您一臂之力。如有问题，请随时提出，我会尽力做出简明易懂的回答。如果有难以理解的地方，也请随时指出，无须顾虑。

还请多多关照。

帝都大学理工学院物理系　汤川学

奈江正在重新阅读已不知读了多少遍的邮件时，门铃响了。她合上笔记本电脑，做了个深呼吸，站起身来。

走到门前，奈江用右手抚住胸口。她心跳很快，却又无法控制自己，只能放任不管。再次深呼吸后，她打开了门。

那个人正站在门外。那是奈江三十余年以来一直想见的人。

"好久不见。"他——汤川学说道。声音低沉，但充满温暖。

奈江想要微笑，双颊却僵硬得怎么也无法露出笑容。"请进。"她仿佛耗尽了全身的力气，才发出细微的声音。

学走了进来。他身材高大，也许有一米八。最后一次见面时，他好像就已经达到了这个身高。那时他还在上初中二年级。

环视房间后，学回过头。"这里的配置和那个房间有微妙的不同呢。"

"其实不用预订套房的。"

"难得能聊聊天，你不想找个沙发和桌子完备的地方吗？坐吧。"

学弯腰坐下。这个房间里只有一张长沙发，奈江稍微隔开一些距离，在他身旁落座。

看到学目不转睛地凝视着她，奈江低下头。"别那么看着我，我已经完全是个老太婆了。"

"那也没办法，连我都净是白头发。"

奈江抬眼瞥向学。"真是变得一表人才了啊。在网上一搜索，能找到很多你的照片。"

"照片数量和研究成果无关——你经常搜索我的消息吗？"

"对不起，让你不愉快了吧。"

"没有那回事，我能理解你的心情。"

"我确实想看你的照片，但更想了解你的近况，哪怕一点儿也好。高深的论文我是读不懂了,不过你年轻时写过类似随笔的东西吧?我找到了那些文字。"

学无奈地皱起眉头。"那是在小众的科学杂志上发表的东西吧。都是很久以前的事了,是让我想挖个洞把自己埋起来的黑历史。"

"你还写了关于儿童虐待的文章吧?遭受虐待的孩子没有被爱的经历,因此长大后会产生虐待自家孩子的倾向——"

"那只是从别处学来的知识,和我自己无关。"

奈江深吸了一口气,心情稍稍平静下来。"我做了对不起你的事。"

学挺起胸膛,抬高下巴,视线困惑地左右游移,似乎不知道该怎样回答。"不喝点儿什么吗?"过了片刻,他说道,"有点儿渴了,叫个客房服务吧。你有什么想喝的?"

"我随意。"

"喝酒没问题吗?如果可以,我想叫瓶香槟。"

"啊……可以啊。"

学站起身,走到写字台旁拿起听筒。看着他的背影,奈江不禁想道:果然和那个人很像。

那个人——就是学的父亲。

学打完电话回来了。"他们说现在就送来。"他坐回沙发上。

"你父母还好吗?"奈江问道。

他迟疑般侧过头。"妈妈的情况不好,"他回答,"爸爸在照顾她,但应该时日无多了。"

"怎么了?"

"是多器官功能衰竭,阿尔茨海默病也在恶化。"

"是吗……"奈江垂下目光。

"我一直想着如果能见面,有件事要问你。"学说,"是关于我父亲的,我的亲生父亲。我看过户籍表,那一栏是空的。我父母说你是他们的远亲,在离婚后生下了我,但那样的话,名字应该会留在户籍上。"

"那件事啊……"奈江点点头,"我想你父母是为了方便才那样说明的,不过似乎反而更混乱了。"

"你们没有结婚吧?"

"嗯,没有。两人那时都还年轻,而且他很有前途。"

"前途?"

"作为科学家的前途。"奈江的目光投向窗外无垠的夜色。

他那时是学生,经常来奈江工作的食堂,两人由此亲密起来。奈江当时二十一岁,如同冲出牢笼般离开了位于带广的老家,来到东京,与离家出走几乎无异。

他寄宿的地方在水道桥一带,房间狭窄,厕所与洗脸台都是公用的。屋内的书架上摆满了艰涩难懂的书。和他一起躺在被窝里时,奈江总是担心不已:要是地震来了,书架是不是会轰然倒下?

他温柔勤奋,更重要的是头脑聪明。无论什么机器都能修理,对医学知识的了解也如医生般详细,还能说一口流利的英语。只要和这个人在一起,不管发生什么,都不用害怕。

如此出色的人,学业自然出类拔萃。在研究室教授的推荐下,他获得了本科毕业后前往美国的研究机构留学的机会。

"希望你跟我一起去。"他对奈江说,"我们在美国一起生活吧。"

奈江难以抑制内心的喜悦,一切都像做梦一样。但是有一天,她在他的房间留宿,当深夜醒来,看到他仍坐在桌前的身影时,她意识到自己不应该跟他去美国。他现在需要大量时间,不能再让他为研究之外的事劳累。如果她跟去，只会成为阻碍。

"我不去了。"奈江说，"我会在日本支持你，你要加油哟。但我不会等你，所以请你在那边找个合适的人——"

他看起来非常痛苦，但并没有劝奈江改变主意。他是个聪明人，大概已经理解了奈江的真意。

两人就这样分手了。奈江伤心不已，但还是劝慰自己这样最好。然而，预料之外的事发生了，她没有按时来例假，从未经历过的奇异的恶心感接连不断地袭来。她意识到自己怀孕了，这一点不用去医院也能明白。

奈江陷入苦恼。现在该怎么办？不可能通知他，否则这件事必然会成为他从事研究的障碍，不能让他为多余的事操心。而且奈江原本就不知道他在美国的联系方式，因为她曾主动表示不用给她写信。

奈江无法想象堕胎。她明白那才是正确的选择，但她无论如何都想生下来，因为那是他的孩子。

不久后，食堂的女老板就发现了异常。奈江吃住都在食堂，很难蒙混过关。于是女老板通知了带广那边，奈江的父母立刻赶了过来。

"这是谁的孩子？你想怎么办？"责问劈头而来。父亲怒吼道："快去给我打掉！"

奈江什么都没说，只是对这个命令摇了摇头。

女老板向奈江的父母道歉，表示是她监管不严。她可能已经察觉到了孩子的父亲是谁，但没有说出口，大概她也明白奈江的想法。

为难过后，父母开出了条件：生下孩子也可以，但要送给别人做养子。

"那是为了孩子着想。年轻女人独自抚养孩子,是没法让孩子好好接受教育的。找个经济宽裕、工作稳定的家庭送养过去,肯定对孩子更好。想放在身边自己养大,纯粹就是任性——"

每一句话都很正确,都无法反驳。奈江一次又一次点头。

不久,孩子出生了,是个男孩。"学"这个名字是很久以前就想好的,奈江希望孩子能像他父亲一样聪明。

随后,别离的日子到了。汤川夫妇为人诚恳认真,令奈江感到安心。但他们事先提出的期望又让奈江心情沉重:他们要自己来决定何时告诉孩子真相,在那之前,希望奈江不要接触孩子。

"明白了。"做出如此应答的是奈江的父母。

"不知不觉就说了这么多琐屑的事……后面的事你还想听吗?"

"如果你不想说,就不用说了。"学举起香槟。在奈江讲述往事时,服务生已经送来了半瓶香槟酒和酒杯。

"也不是不想说,只是觉得没什么有趣的故事……后来,我回老家待了一段时间,结婚后又再次来到东京。对方是设计师兼插画师,名下还有出售原创商品的店铺。在那里帮忙期间,我也学会了画画,还建立了一些人脉。托这段经历的福,离婚后我的生活也没有遇到困难。至于离婚的原因……是丈夫酒后暴力和出轨。你看,没什么意思吧?"

"离了婚,然后呢?"

奈江深吸了一口气,凝视着学的眼睛。

他应该也知道后来发生了什么,但特意让奈江来讲,肯定是因为今天想在此地做出某个决定。

"我陷入了不安,结果做出了不可理喻的举动。我打算夺回被送到别人家做养子的儿子。"奈江的语气中带着厌弃感,"我拜访了汤川家,拜托他们把儿子还给我。我已经顾不上体面了。现在想来不可思议,但那时的我眼里只有这一件事。"

"我在房间里听到了你和父母高声争执的声音。还给我、不还,交给我、不交,简直就像抢夺玩具的孩子。"他浮出冷笑,"不过算了,我觉得你们最终还是得出了妥当的结论,毕竟你们把选择权给了我。"

事实正是如此。把他叫来,逼迫他做出抉择。在那个时刻,奈江舍弃了希望。就算是亲生父母,他也不可能选择突然现身的陌生女人。果然,他的回答是"保持现状就好"。

由于得到了见面许可,奈江开始抽空与学见面。学从未拒绝,但始终沉着脸。

"你上初中二年级时,我问过你,是否认为汤川先生他们才是你真正的家人。你还记得你是怎么回答的吗?"

"无所谓真正不真正,每个人都是孤身一人——"学一字一句、毫无偏差地复述道,"那时我总把这句话挂在嘴边。真是装腔作势的幼稚台词啊。"

"但我就是因此才发现自己的行为伤害了你,于是我下定决心,还是不再见你更好。"

"所以你就从我面前消失了啊。"

"没错。而且我认为自己也该寻找新的人生了。幸好在那之后不久,我就遇到了新的伴侣。"

"是松永吾郎先生吧。父母给我看了你的来信,信上说你已结婚了。那是在我上高一的时候。"

"我那时已经打算放下了，一次都没想过要和你见面……但还是不行啊。就像刚才说的，自从偶然在网上发现你的名字后，我一有空就会检索你的消息。六年前，我发现了那本《如果遇到磁单极子》。我赶紧找来读了一遍，虽然有些难，但还是能看懂的。于是我想到了两件事：一是试着把它当作绘本的题材；二是在不讲明真实身份的前提下，以取材为由联系你。"

"责任编辑联络我时，我还想这真是位拥有奇思妙想的绘本作家。但我的确没有考虑过作家的真实身份。"

"你是什么时候注意到的？"

"当然是这起案件发生之后。案件负责人正好是我的朋友，来问我关于绘本作家朝日奈奈的事，我这才知道了朝日奈奈的真名。在朋友面前佯装若无其事还真是辛苦。"

原来是这样啊。奈江此前完全不明白学为什么会和这起案件发生关联。

"你没说出我的事吗？"

"我不想把这件事交给警察。背后一定有复杂的隐情，我想查出真相。"说到这里，他眯起眼睛，"我重新读了以前的邮件就理解了。我度过了什么样的童年啊，怎么看待家人的事啊，你问了各种各样的问题。"

"对不起，我做梦都没想到能有和你交流的一天。心情一激动，我就不知不觉问了很多。我没打算骗你。"

"我也没这么想。而且，我这次也对名为松永奈江的女士做了些许调查。听说你曾经在各个福利院巡回表演连环画剧，并由此认识了园香小姐的母亲千鹤子女士。"

"你调查得真详细啊。没错，我和她不可思议地特别合得来，而且她独自抚养孩子的样子也让我格外感慨，因为那是我没能做到的事。"

"所以你也很疼爱她的女儿园香小姐。"

"嗯，是的。但我和园香没能像和千鹤子那样心意相通，代沟跨不过去啊。"

"但园香小姐这次向你求助了吧？"

"这纯属偶然。同居对象被杀与她相关，她似乎想要从某件事中逃离，于是我就帮了忙。那孩子不可能是凶手，而且一旦案件破解，逃亡应该就会结束。但是到头来，她也没有向我坦白真相，虽然我一直期待她开口。"奈江垂下肩膀，叹了口气。

"她大概是害怕你瞧不起她，才没敢开口。"

"瞧不起？"

"她欺骗了某个人，认为是那场骗局引发了案件。详细说明起来太费时间，我会再找别的机会和你说。"

"是吗……不过这次你给我发第一封邮件的时候，我真的非常惊讶。"

"是吗？"

那是在汤泽的度假公寓的时候。陌生的地址发来了邮件，内容如下：

> 松永奈江女士，如果你目前身在朋友名下的度假公寓里，请立刻离开，警方已经注意到了那间公寓。我会为你们准备接下来的藏身之处，请到东京来。

奈江最初怀疑是恶作剧，但后来又觉得不太可能。这是某个人发来的危机通告。她完全想不到是谁，但还是做出了最好遵循指示的判断。她姑且回复了邮件，询问对方是谁，但并未收到答复。

"你从一开始就该报上姓名。"

"我认为那可能会让你陷入混乱。一旦思虑过多，就会行动迟缓，那就毫无意义了。"

如果发件人一栏出现了学的名字，她确实会不知所措，还可能误以为是警方利用他的名字设下的陷阱。

第二封邮件是在奈江她们前往东京的途中发来的。邮件中写了酒店的名字，并表示已经预约完毕，只要办理入住手续即可。看到预约人姓名，奈江吃了一惊，因为那里写着"汤川学"三个字。邮件末尾还附了这样一句话："你应该有很多问题想问，但现在请先听从指示。"

第三封邮件是深夜收到的。邮件中留有一个手机号码，内容很简单，只是希望岛内园香能给这个号码打电话。

然后在今天，奈江收到了第四封邮件。学在邮件中说，他想和岛内园香聊聊，将会拜访酒店，希望奈江能去另行准备的房间里等待。

"你为什么要帮助我们？"

"我刚才不是说了吗，我不想交给警察。但是——"学歪过头，耸了耸肩膀，"那是借口。其实，我就是想按自己的方法走下去，去了解松永奈江的人生。我想知道她是怎么想的，是怎样活到了今天。"

奈江收起下巴，抬眼看了看学。"那……你明白什么了吗？"

"我觉得我明白了，虽然只有一点点。无论是给无亲无故的孩子表演连环画剧，还是在新座时像对待自家孩子般疼爱邻居的儿子，都是与遥远的过去息息相关的。"

"若说我是在忏悔，那就太夸张了。我抛弃了孩子，那些事不过是一点点赎罪，不过是自我满足。"奈江轻轻地笑了两声。

学也眨了眨眼睛，露出浅笑，随后开口道："我也在忏悔。"

奈江疑惑地看着学。"为什么？"

"你还记得那栋房子吗？"

"房子？"

"就是我和父母住过的那栋旧房子。"

奈江点点头。"怎么可能不记得。那是我为了夺回你而到访的地方。"

"父母搬到横须贺的公寓几年后，那栋房子就被拆毁了。听到这个消息时，我是这么想的：如今这个我，已经不再是住在那栋房子里、假装听话的少年了。那个少年早就死了，所以，那栋房子里一定横躺着他无形的尸体。"

"你竟然想得这样悲伤……"

"但是，我完全错了。在那以后的几十年中，我一路看到了种种人生，如今深知那时的自己是多么愚蠢。没有人能独自生存，我能成为现在的我，要归功于许多人。我从心底感谢养育我长大的父母；同样，我也应该感谢将我生下来，并把我托付给那样一对父母的人。那时……你们让我做出抉择的时候，我应该这样回答：我无法选择，无论哪一边，都是我的父母。"学直率地注视着奈江，"我一直在想，如果能见面，我要和你道歉。我要说：真的很对不起。"

某种东西在奈江的心中涌起。她不得不咽了口唾沫，接住学的视线。"刚才你说，会再找别的机会和我详细说说园香的情况。也就是说，你还会再来见我？"

"当然，毕竟我们是母子。"学微笑着继续道，"对吧，妈妈？"
奈江胸口一热，几乎无法呼吸。"……我能抱抱你吗？"
"好的。"他点点头。
"学……"奈江低喃着，伸出了双手。

20

像往常一样，在审讯室里等候的还是草薙。坐在旁边的是一名女刑警，秀美听到过草薙叫她内海。

"问了你这么多次，真不好意思。"看到秀美落座，草薙说道。

"没关系。不过您还有想问的吗？"

"还有一些需要你确认的事。"草薙从旁边的文件夹中拿出照片，开始往桌子上摆。五张都是枪的照片，枪的外形各不相同。"这里面有没有和你这次行凶用的枪比较相似的？"

"有，这个。"秀美毫不犹豫地选择了其中一张。

草薙点点头。"没错。谢谢你，这样一来物证又增加了。"

"找到我扔掉的枪了吗？"

"没有，所以非常麻烦。我们不得不去寻找把枪寄存在你这里的男人，结果很遗憾，那人十年前就死了。"

"果然是这样。是被杀了吗？"

"是病死的。但是我们掌握了他当时所持私造枪的相关信息，已经基本锁定了枪的类型。那是很久以前在菲律宾制造的，其中有不少劣质品。没有爆炸真是太好了。"

"因为我一直在精心保养啊。"

草薙把照片推到一旁，再次看向秀美。"那么，你没有改变供述的意思吗？"

"您指什么？"

"动机。我明白你是想把岛内园香小姐从上辻亮太的家庭暴力中救出来，但我想知道的是，你为什么如此看重她？"

"我已经说过好多遍了。"

"她是你中意的偶像？"

"是的，您不明白吗？"

草薙沉吟一声，抱起双臂。"我很难理解。"

"您这么说我也没办法，因为我说的是实话。"

"为了偶像而杀人吗？"

"为了一点儿小钱而痛下杀手的人有的是。每个人都有自己最看重的东西，不能一概而论。"

"这我明白。"

"您要是那么怀疑，向园香小姐本人确认一下不就好了吗？"

草薙什么也没说，皱紧了眉头。看到他的表情，秀美确信他已经问过园香了。看来园香遵从了秀美在电话里的指示，没说多余的话。两人的口径应该是一致的。

那个人也……秀美回想起那位姓汤川的学者的面孔。

在秀美看来，只要自首，那么汤川也应该会对真相保持沉默。就算他将秀美与园香的关系告知草薙，秀美也打算彻底装糊涂。不过现在看来，秀美的直觉是对的。

这样就好，秀美想，这样就能守护一切了。

梦就能继续做下去。

草薙开始和女刑警窃窃私语。他们或许正在商量，取证调查应该告一段落了。

秀美看向桌子上的照片，最上面的就是刚才她选择的那张。照片中的枪与她那天使用的那把一模一样。

是从什么时候开始的呢？

秀美产生了怀疑：一切难道不都是谎话吗？千鹤子是她的孩子这件事，难道不是弄错了吗？她最近一直抱有这样的想法；或者说，在很久以前，从她与园香见面的那天起，这份疑虑就一直存在于她脑海中的角落。

但是，秀美把目光从这种可能性上移开了，装作毫无察觉的样子。

她始终想要相信，相信与她共度时光的，就是她抛弃的孩子的女儿。那是梦一般的时光，让她感受到了生活的意义。而园香又与那时光如此相称，是个直率的好姑娘。她想要相信，园香就是她真正的外孙女。

让这样的园香陷入痛苦的上辻是不可原谅的。无论做什么，她都必须守护园香。

秀美可以选择报警，警方可能会强制上辻离开园香。同时，秀美也有各行各业的熟人，如果她出面拜托，也会有人帮她解决。但是让他们分手后，上辻会怎么做？

他难道不会找到秀美，将她绝对不想知道的事实和盘托出吗？

她必须避免这一情况的发生。所以，她没有其他选择。

秀美再次望向枪的照片，回忆起那天的情形。

发现秀美带着自己到达的地方没有民宅，道路尽头就是悬崖，上辻问道："这是怎么回事？这里是哪里？园香呢？"

秀美没有回答，从提包里取出枪。上辻的脸上立刻写满了惊恐。

"你要干什么？"

"面朝大海站好。"秀美这么说。她害怕看着对方的脸开枪。

上辻向右转过身，主动举起双手。

秀美把手指放到扳机上，但没有勇气扣动。

这时，上辻说道："请等等！不是我，不是我提出来的。是园香，是那家伙。那家伙对婆婆你……"

听到这里，秀美扣响了扳机。她双眼紧闭。

等她战战兢兢地睁开眼时，上辻已经消失了。秀美走上前，往悬崖下看去。上辻倒在岩石边缘，上半身浸泡在海水中。这样一来，就省去了回收手机的麻烦。

上辻在最后一刻大概想说什么吧。那家伙对婆婆你——他打算怎样说下去呢？

但秀美决定不去思考。这样一来，梦就能继续做下去了。

尾 声

长长的坡道尽头，就是殡仪馆。这是一栋色彩明亮的崭新建筑。草薙在正门前下了出租车，整理好有些松散的领带，随后走向入口。

一进大堂，右边就是接待处，身穿丧服的男女并排站在那里。草薙走上前，从怀中拿出奠仪放在桌上，在名册上写下姓名和住址。

"草薙。"

有人在一旁叫道。草薙一看，汤川正向他走来。

"我应该说过了，你不用特意过来。"

"那可不行。内海也想来，但我让那家伙回避了。应该收到唁电了吧？"

"嗯，看到了。"汤川说着看了一眼手表，"还有些时间，去等候室吧。"

等候室的入口就在接待处旁边。一走进去，八九个身穿丧服的男女分散地坐在各处。草薙的目光停留在正与其他老人交谈的汤川晋一郎身上。他似乎也注意到了草薙，微微点了点头，于是草薙也默默行礼致意。

身边的座位正好空着，草薙和汤川并排坐下。

"你母亲最后是什么情况？"草薙问道。

"失去意识是在五天前。我们把她送到医院，但她一直昏睡，昨天白天咽下了最后一口气。我当时不在，不过爸爸在她身边。听说最后非常平静。"

"是吗？希望她老人家一路走好。"

"说句实话，肩上的重担卸下了。恐怕爸爸也是这么想的。虽然寂寞，但今后只要考虑自己的事就可以了。"

"你要回自己家吗？"

"当然，我可不打算和爸爸一起住。而且我也想见见学生们，已经受够远程讲课了。"

看到一个老妇人走了进来，草薙一怔。是松永奈江。她走到汤川晋一郎面前打过招呼，随后看向草薙他们。但她并没有要过来的意思，而是就近坐下了。

草薙回想起询问松永奈江时的情形。她一直强调，她从未从岛内园香那里听过案件的相关情况，只是因为园香表示必须躲藏起来，才伸手相助。

松永奈江承认，离开度假公寓是汤川的指示。但关于汤川，她仅仅说那是曾在工作中关照过她的人。

"关于汤川和您的关系，我从他那里听说了。"

听到草薙的话，松永奈江立刻一脸讶异。

于是草薙面对这张惊讶的面孔继续道："我和他从大学起就是朋友，但还是第一次听他提到这件事，太吃惊了。"

"是吗？您是……"松永奈江注视着草薙，目光中流露出好奇。或许她很想了解儿子年轻时的故事。

汤川再次看向手表。"差不多要开始了。"

"关于那起案子……"草薙说，"下周根岸秀美的公审就要开始了。"

"是吗？"

"她直到最后也没有改变供述，但我认为她和岛内园香之间必然存在特别的关系。而且你应该已经知道了，但就是不说。"草薙指了指汤川的胸口，"怎么样，等判决结果出来后，就把你隐瞒的事告诉我吧？我绝对不会外传，我保证。"

"让我考虑一下。"

草薙口袋里的手机响了，是内海薰打来的。"是我，怎么了？"

"千住新桥的堤坝上发现了一具尸体，是他杀。可能很快就会接到调查命令了。"

"我知道了。"

挂断电话，草薙看向汤川。但在他开口之前，汤川就已经说了出来："是案件啊，快去吧。"

"抱歉……我还想着至少要敬一下香的。"

"不用在意。你应该以你的战场为先，我也要回到我的研究室战场去了。"汤川伸出拳头。

草薙也攥紧右手，两人拳拳相碰。

图书在版编目(CIP)数据

透明的螺旋 /（日）东野圭吾著；史诗译. -- 海口：
南海出版公司，2022.4
ISBN 978-7-5735-0097-7

Ⅰ. ①透… Ⅱ. ①东… ②史… Ⅲ. ①长篇小说－日
本－现代 Ⅳ. ①I313.45

中国版本图书馆CIP数据核字(2022)第029754号

著作权合同登记号　图字：30-2022-006

TOMEI NA RASEN by HIGASHINO Keigo
Copyright © 2021 HIGASHINO Keigo
All rights reserved.
Original Japanese edition published by Bungeishunju Ltd., Japan, in 2021.
Chinese (in simplified character only) translation rights in PRC reserved by Thinkingdom Media Group Ltd., under the license granted by HIGASHINO Keigo, Japan arranged with Bungeishunju Ltd., Japan through BARDON CHINESE CREATIVE AGENCY LIMITED, Hong Kong.

透明的螺旋
〔日〕东野圭吾　著
史诗　译

出　　版　南海出版公司　(0898)66568511
　　　　　海口市海秀中路51号星华大厦五楼　邮编 570206
发　　行　新经典发行有限公司
　　　　　电话(010)68423599　邮箱 editor@readinglife.com
经　　销　新华书店
责任编辑　黄宁群
特邀编辑　陈梓莹　王心谨
营销编辑　李　畅　李清君
装帧设计　韩　笑
内文制作　张　典

印　　刷　北京盛通印刷股份有限公司
开　　本　850毫米×1168毫米　1/32
印　　张　7
字　　数　163千
版　　次　2022年4月第1版
印　　次　2022年4月第1次印刷
书　　号　ISBN 978-7-5735-0097-7
定　　价　49.00元

版权所有，侵权必究
如有印装质量问题，请发邮件至 zhiliang@readinglife.com